蓬头稚子

U0893512

谢宁
著

海峡出版发行集团 | 海峡文艺出版社
THE STRAITS PUBLISHING & DISTRIBUTING GROUP | Haixia Literature & Art Publishing House

图书在版编目(CIP)数据

蓬头稚子/谢宁著. —福州:海峡文艺出版社,2020.4(2023.7重印)

ISBN 978-7-5550-2170-4

Ⅰ.①蓬… Ⅱ.①谢… Ⅲ.①长篇小说—中国—当代 Ⅳ.①I247.5

中国版本图书馆 CIP 数据核字(2020)第 044865 号

蓬头稚子

谢　宁　著

责任编辑　林　颖

出版发行　海峡文艺出版社

经　　销　福建新华发行(集团)有限责任公司

社　　址　福州市东水路 76 号 14 层　　**邮编**　350001

发 行 部　0591—87536797

印　　刷　成都兴怡包装装潢有限公司　　**邮编**　610000

厂　　址　成都市金牛区西华街道付家碾村 6 级 152 号

开　　本　880 毫米×1230 毫米　1/32

字　　数　110 千字

印　　张　5.125

版　　次　2020 年 4 月第 1 版

印　　次　2023 年 7 月第 2 次印刷

书　　号　ISBN 978-7-5550-2170-4

定　　价　36.00 元

如发现印装质量问题,请寄承印厂调换

001 ◁

在陕西和内蒙古的交界处，有一片连绵起伏的鸣沙梁，点缀着片片绿洲和古老乡村，其中有一个漂亮的小村庄叫草滩，毛毛就在这个村长大。毛毛刚出生时身上的绒毛特别明显，毛毛爸就给他取了这个名字。又因为其他原因，村子里的人更喜欢叫他牛牛。

毛毛有个比他大两岁的姐姐叫乐乐，两人从小玩到大。毛毛爸在当地乡政府工作，一个月才能回一次家，对毛毛的管教也只能在那两三天，其余时间毛毛就是家里的小皇帝，全家人把他含在嘴里怕化了，捧在手里怕碎了。生毛毛那天，毛毛家院子里大树上的喜鹊叫个不停，毛毛奶奶是个大嗓门，乐呵呵地在院子里吼生下个宝蛋蛋，就这样在全村广播了毛毛的诞生。

毛毛刚会爬时就被拴在炕上的大箱子旁，只能在小范围内活动，不能像乐乐一样被奶奶整天背着到地里干活，可以出去见见人，所以毛毛会说话要比同龄人晚好长时间。突然有一天，毛毛探着头，对着炕上的爷爷吼：“我要咽茶!”全家人都笑嘻嘻地盯着他，不知道他说啥，急得毛毛在地上一边大哭一边打滚。乐乐了解毛毛，她拿了一个小板凳放在炕沿边下，一踩一跃跳上炕头，站在炕中央大喊：“牛牛要喝茶，牛牛要喝茶!”毛毛妈急忙给倒了一杯热腾腾的老茶放在炕沿上。毛毛二话不说，一下子站起来，笑得像朵花，跑到炕前，探出脑袋慢慢品着茶，刚流出的眼泪也顺着脸颊流到了他的嘴角，样子可爱极了。毛毛站直了才能比炕沿高一个头，毛毛奶奶放下手中的活，坐在毛毛旁边的炕沿上，一边摸着毛毛的头，一边说：“奶奶给你把茶吹凉，太烫了，小心你的小嘴嘴。”毛毛眨巴着眼睛把茶摇摇晃晃递给奶奶，毛茸茸的大眼睛清澈得像一汪清泉，让人不由得生出怜爱之情。

毛毛可是个“奇葩”。一次毛毛全家正在吃年夜饭，突然进来一个老乞丐来讨吃的，北方的雪天格外的冷，毛毛爷爷看他可怜，便留他在家里过夜。毛毛一晚上愣是盯着他，谁也不知道他的小脑袋里在想什么。第二天，毛毛主动给他端饭，乐乐害怕老乞丐，躲得远远的。毛毛还吃老乞丐袋子里的干粮。老乞丐临行时，毛毛哭着不让走，最后看老乞丐走远了，他竟悄悄地跟在了后面，幸亏乐乐发现得早，告诉了家里人将他抱了回来。老乞丐在走出毛毛家不远时，对着毛毛家磕了几个头。

毛毛是和乐乐一起玩大的，两人关系时好时坏，都是标准的野孩子。毛毛从小爱打架，刚会走路不久，和邻家的春子在地里玩泥巴，春子不小心把泥巴溅在了毛毛的脸上，毛毛二话不说，抓起一把泥巴扔向春子，春子没注意，被砸了个正着，三言两语后，两人便抱成一团打了起来。毛毛比春子小两岁，怎能打得过他，几个回合下来，吃了大亏。远处的乐乐看见了，急忙跑过来，捡起一块石头，站在两米开外，大吼："春子，放开毛毛，不然我打死你!"春子不屑地放开毛毛，毛毛赶紧跑到乐乐身旁，也随手捡起一块石头，瞄准春子后，扔了出去，石头在空中画了道完美的弧线落在了春子脚下。春子吃了一惊，才知道这两娃动真格的，转身就跑。二人紧追其后，还一边高兴地大喊："春子，你有本事就不要跑。"春子越跑越快，一溜烟跑回了自己家。乐乐知道他家大人都出去干活了，大叫让他出来，不要做缩头乌龟。春子死活不出来，乐乐一气之下将石头砸向了他家窗户，"咚"的一声砸出个大洞，吓得乐乐拉着毛毛就往家里跑。

两娃的内心深处，认为家是最安全的。毛毛爷爷是村长，两人感觉所有人都怕他爷爷，一有事就争着往爷爷怀里蹿，有时候因为这个还会打架。毛毛爷爷总是乐呵呵地抱住他俩，将两娃一人亲一下后，爱惜地说："不怕不怕，有爷爷呢，有爷爷呢。"每天早上都是毛毛爷爷给他俩洗脸，两人都不喜欢毛巾擦脸的感觉，一看到爷爷把脸盆端上炕沿，就往炕上的被子后面藏，毛毛爷爷没办法，只能哄着他俩几天洗一次。毛毛爷爷太疼爱他们，一喝醉就抱住他俩亲，只要他俩给他磕头，就给买糖吃。

一次毛毛和爷爷去村里的供销社，爷爷给毛毛和乐乐每人买了一根冰棍，让毛毛给乐乐带回去一根，供销社离家大概一公里，毛毛一口气跑回了家，正好在门口和乐乐撞了个满怀。"这是我从供销社一口气跑到这给你带回来的，你给我咬一口吧?"毛毛边喘气边说。乐乐生气地说："爷爷肯定还买好吃的了，其他的都被你吃了，冰棍快给我！”毛毛气炸了，平时不爱说话的他大吼：“你真没良心，我必须咬一口……”乐乐伸手要夺，毛毛赶忙大咬一口递给她，转身就跑。乐乐是个急性子，看着冰棍那么大一截没了，蹲下身子抓起一块石头砸向毛毛，毛毛背对着乐乐，怎能料到她会扔石头，被砸了个正中，疼得毛毛在路上哭爹喊娘地打着滚。乐乐害怕了，不知如何是好，大大地咬了口自己的冰棍，然后把它塞在毛毛的手里，一溜烟跑了。毛毛一边骂着，一边吮着冰棍，不一会儿竟在路上睡着了，最后还是爷爷回家时看见他把他抱回去的。因为冰棍的事，两人竟然几天没说话。毛毛的生活正如玉珍在《那时我在山坡上放牛》中描述的一样：

那时我在山坡上放牛
旷野空茫，自由无边无际
我躺在开花的田野上听风，花枝如海
天蓝得恍如奇迹

那时的山坡到处是我的伙伴，群鸟来回
白云抖空了思绪——人世真美啊
我的心纯净得像个仙女

002 ◁

毛毛爷爷是全乡有名的“二斤不倒”，爱喝酒，喝出个大肚子，年龄大一点的乡亲都叫他“大肚老汉”。这里地处毛乌素沙漠，到处都是沙梁，村子里的路都是村民们一桶桶水、一袋袋土垫起来的，修得很不容易。可每到下雨天，经过这里的拉碱卡车就把村里的路压个稀巴烂。毛毛爷爷看在眼里急在心里，每次喝醉，他都睡在村口的大路上，拦住过路的大卡车为村民们要钱。“拦住十几辆拉碱车，这次能给咱多要点钱。”一个落日西沉的黄昏，一个大婶边快速地往村口赶边对旁边的农妇说。“大肚老汉都是为了咱，咱过去都帮着点。”一个年过半百的村民跟在后面说。毛毛和乐乐听见了，知道是在说他们亲爱的爷爷，越是好奇了，又见好多村民都往村口走，两个小孩便也跟着去了。

“哇！好多拉碱车啊！”毛毛吼着。乐乐装作聪明地说：“啊！是 10 辆啊！”其实两个娃都对数字没什么概念，更不会数数，乐乐总爱装得比毛毛聪明。“姐姐，这10辆车是多少啊?”毛毛好奇地问。“10辆就是这么多车啊，10辆啊！10辆啊！”乐乐搪塞道，她只是不知道在哪听到的这个数便随口说了出来。村口围满了人，两个娃使劲地挤进人群，看见爷爷在那里很大声地说着话，瞪大眼睛跑了过去。毛毛爷爷一米九的个头，两娃一人搂着爷爷的一条腿，努力仰头望着爷爷，爷爷摸了摸两个小娃的头，又开始大声地辩解了。他俩听不懂爷爷在说啥，但是挺担心爷爷的，待了一会儿恋恋不舍地走开了。

“咦？春子在那！”毛毛指着正往车上爬的春子吼。春子看见司机都在前面，搬起一块脸盆大的碱块扔了下去，四处望望，飞快从车上跳了下来。看见毛毛们过来了，春子压低声音说：“这个能洗衣服，能和在水里喂羊，不要说话，你们也拿一点吧，他们都把咱们修的路压成这样了。”说完立即把大块碱一挪一挪地往路边的草丛里移。毛毛上不去大卡车，只能捡了根竹竿一跳一跳地往下戳。乐乐站在那里放哨看司机，怕被发现挨揍。一会儿的工夫，人们慢慢散开后，毛毛和乐乐也把那些戳下来的碱块藏好了。看着大卡车渐渐驶出视线，两个坏家伙飞一般地跑回家拉着奶奶的手说了经过。奶奶乐呵呵地说两个娃懂事了，拿了大盆子去找碱块。这件事后，一个观念深埋在了两娃的心里：拉碱卡车是不能在这里行驶的，因为爷爷每次都不让他们过。有了这个观念，孩子们又有事干了。

村子里还有三个调皮的孩子——宏宏、龙龙、伟伟，他们和毛毛整天玩在一起。“快点找，要尖锐的碎玻璃片，一下子就能扎爆轮胎的！”毛毛正提个尼龙袋子吼道。原来几个人在毛毛家房前屋后找玻璃碎片，要用碎片扎拉碱卡车的轮胎。不一会儿，孩子们装了满满一尼龙袋子，几个人抬着向路边走去，准备实施他们的计划。他们将一个个碎片埋在路上，尖的一面朝上，碎片都用完了还没能横穿整条马路。“你们在这埋，我再去找几块玻璃!”毛毛还没说完就赤着脚一蹦一跳地跑了。夏天这里的孩子大多数都是光着脚的。“啊!”远处传来毛毛的尖叫声，他踩到了弧形碎玻璃片，尖尖的头扎进了他的脚背，血流不止。毛毛放声大哭，其他孩子跑过来不知如何是好。

乐乐急忙跑回去叫家长，毛毛妈妈骂骂咧咧地跑了出来，小心翼翼地移走玻璃片，抱着毛毛就往村里的大夫家跑。毛毛妈一脸凝重，眼里泛着泪花，还不停地和毛毛说话。毛毛第一次见妈妈这样，幼小的心灵似乎能感受到这浓浓的母爱，总之，他到老时都记着当时妈妈脸上的表情。其实距离毛毛家最近的大夫就是毛毛大姑。终于到了毛毛大姑家，毛毛大姑一边谩骂其他孩子，一边往伤口上涂消毒酒精，用纱布把脚裹了起来，安慰毛毛妈道：“没事，虽然扎得深，流血多，还好没伤到筋骨，修养一个月就好了，这个月就走不了路了。”边说边给毛毛一粒糖。当时血染红了毛毛的脚，那玻璃片又特别大，毛毛妈可急坏了。毛毛妈看毛毛的眼神，不由得让人联想起泰戈尔在《母亲》中的这几句话：

我不记得我的母亲
只当我从卧室的窗里外望悠远的蓝天
我觉得我母亲凝注在我脸上的眼光
布满了整个天空

003 ◁

四五天过去，毛毛的伤口不疼了，但不能走路，只能整天待在院子里。来的小弟兄们都被一个个撵走，毛毛可憋不住。这天，烈烈红日把熟睡中的毛毛“拉了起来”，毛毛睁开惺忪的睡眼，吼了几声，发现空荡荡的院子里只能听见他的回音，毛毛就睡在正中央。村子里的孩子一般睡午觉都在露天的大柳树下。

已经是夏天，毛毛家早没腊肉了，这里的村民都是冬天杀猪后，将肉腌制放在坛子里慢慢吃。一出生就爱吃肉的毛毛想着去外婆家蹭肉吃，可他家距离外婆家至少有 2 公里，他不能走路，只能坐在地上，一只脚搭在另一只脚上，用双手支撑着身体，挪动屁股来移动位置。毛毛开始了一项艰巨的蜗牛式的马拉松，靠挪动屁股去外婆家。路程刚到一半，毛毛累得满头大汗，碰上了住在他家前面的郝爷爷，郝爷爷笑呵呵地说：“牛牛怎么了？这是要去哪啊?”毛毛皱着眉头道：“我的脚不能走路了，我去我外婆家。”毛毛反感郝爷爷，每次见面都要逗他。“牛牛，慢点啊，小心车，你外婆家的风干羊肉可香着咧，去了多吃点，哈哈哈！”郝爷爷笑着走了，毛毛莫名其妙地高兴了起来，喔，可能是这次没有逗他吧！

快到晌午饭点了，毛毛也终于挪到了外婆家，村里吃饭和下地时间有关，早上八九点吃早饭，下午两三点吃晌午饭，晚上八九点吃晚饭。外婆正在院子里的灶台上忙活，早就听说毛毛的脚伤严重，看见毛毛坐在大门口吃了一惊，急忙跑过去抱起毛毛。看了看四周没人，问毛毛：“毛毛，你和谁来的啊?”“我一个人，婆婆。”毛毛笑着说，露出两个可爱的小酒窝。毛毛外婆心疼死了。“我说你把那肉给牛牛留着点，五六月娃娃们嘴馋得不行，你就不听，看把毛毛馋成啥了，脚伤成这样还大老远一屁股一屁股挪过来，唉，我的心肝肝呦，婆婆给你做羊肉面，你先在炕上玩着。”毛毛外婆边嘟囔着骂毛毛妈，边将毛毛背起来放在炕沿上。

毛毛累了，一个人玩了一会儿就睡着了，饭熟后被外婆摇了起来。毛毛闻见香喷喷的肉味，一咕噜坐起来，端起一碗就开始吃，看得外婆外公又心疼又好笑。“他外公，我再给你盛一碗吧，那碗就让毛毛吃。”外婆边盛饭边对外公说。茶足饭饱后，外婆把毛毛背回了家，还带了一盆风干肉，特意嘱咐毛毛妈，只是留给毛毛、乐乐吃的，其他人都不要吃。毛毛长大入伍参军后，每每看见脚上那道疤，就会想起外婆的风干肉，就会想起远方的家。

终于到了农历七月十五，一年一度的庙会又来了，毛毛不记得庙会是啥时候举行，只感觉得等好久好久才能赶上一次。毛毛爸骑着摩托车专门从乡政府回来接毛毛和乐乐，毛毛妈和爷爷、奶奶坐毛毛大姑家的三轮车去。毛毛是个特别的孩子，常思考一些古里古怪的问题：他认为整个世界是围绕着他转的；他认为一些人是上天故意安排来见他的；他发自内心的怜悯其他人，感觉上天造他们的唯一用意就是从他身旁走过；他一直认为，庙会就是老天爷为了给他买玩具而举办的……直到毛毛长大后看完《楚门的世界》，他暗自笑了。这次，他似乎有了改变，终于到了一年一度全乡最大的庙会，再要看戏只能去其他乡。啊，人山人海！很快毛毛就和妈妈会合了，毛毛爸去找他的朋友喝酒去了！

毛毛和爸爸一起走的时候，看见好多喜欢的玩具，但他怕爸爸，不敢让买，只能见了妈妈后耍他的性子，拉着妈妈的手一会儿看看这个一会儿看看那个。他和乐乐每人在庙会上最多花两元钱，这是规定。毛毛问了许多玩具的价格后扫兴地离开了，最后决定买了一把1元钱的手枪和一包2毛钱的子弹，剩下的钱妈妈让他攒起来买子弹。毛毛有了手枪，安静了许多，不到处乱跑，静静地坐在妈妈怀里，拿着手枪偶尔偷偷地朝别人后脑勺来一枪，然后若无其事地扭过头。

乐乐不喜欢动脑筋，许多事都是听家长的，看见毛毛买下了玩具，乐乐也转眼不见了。几分钟后乐乐带着把雨伞回来了，拽着妈妈问："没啥买的，就买了把雨伞，2块钱贵不贵，妈妈？"妈妈略显生气道："你被骗了，一把伞用不了那么多钱，没买上的东西你不能不买啊！唉！"毛毛也学着妈妈，对乐乐一阵数落。不过乐乐从不专心听别人说话，还没等他俩说完就在奶奶怀里睡着了。

毛毛大姑摸着乐乐的头说："乐乐睡着了，咱就坐在这棵树下看戏吧，这距离戏台近，一会儿人多了，咱就没位置了。"边说边席地而坐，口水喷得到处都是。毛毛大姑年轻时可是村里的一枝花，方圆几里外的男青年都来示好，现在已经是两个孩子的母亲了，也不注意形象了，岁月真是无情啊。大家都赞成地点点头。毛毛拿手枪时不时地朝别人后脑勺开两枪，气得毛毛妈不断给他屁股上来几巴掌。

毛毛妈一直默默将全部的爱倾注给了这两个孩子，正如徐红《尘世之美》描述的：

> 暮晚有几只鸽子在飞。
> 梧桐树散发清香。
> 年轻的女人在厨房里准备晚餐。
> 盘子里有水果和面包，
> 灶火上煮着香浓的汤。
> 多少年过去，亲人近在身旁。
> 膝下的孩子一天天长大。
> 在这苍茫的人间。
> 满天星光，草木青了又黄。
> 生活是多么简单的幸福。
> "尘世之美，像果子包着核。光倾进夜。"
> 凡美好的，神都垂爱。

004 ◁

戏曲终于开始了，走出来两个主持人，一男一女。毛毛突然眼睛发亮，指着女主持人说："我要她做我老婆！我老婆！"大家都惊呆了，随后一阵大笑。几岁的毛毛还不知道老婆是什么，怎么看见个美女就吼着是他老婆，真是搞不懂。"人家多大了，那可不行。"奶奶故意逗毛毛。"你媳妇是村头的云云啊，你忘记了?"毛毛妈也笑着说。云云是毛毛一个班的同学，长得水灵灵的，活泼可爱又懂事，个子还比毛毛高出一个头，两家家长常互相开玩笑叫亲家。毛毛顿时特别急，眼泪哗哗地流了下来，边哭边蹬脚大喊："就是我老婆，就是我老婆。"毛毛大姑看见毛毛哭了，安慰道："那就是我们毛毛的媳妇，等她唱完咱就把她领回家和毛毛结婚，谁也不许抢。那就是我们毛毛的媳妇，不哭不哭，你媳妇看见会笑话你的。娶媳妇的人还哭，不哭不哭!"毛毛像被电击一样，立刻止住了哭，眼睛一动不动地瞅着那个主持人看。“唉！我怎么生下这么个憨小子！”毛毛妈捏了一下毛毛的鼻子说。

不一会儿，毛毛睡着了。不过这次的庙会，让毛毛小小的头脑里产生一个想法，那女主持人就是老天爷给他十年或二十年后安排的老婆，他一直惦记着那个女孩，足足有四五天时间。

炎热渐渐褪去，夏日走了，地里的庄稼慢慢成熟。在时间面前，我们永远是那个渴望领取餐食的孩子。无声无息中，沧海桑田，留在我们指缝间的，只有那在时光的冲洗下仍然鲜亮的点点滴滴！

当白皑皑的雪花覆盖了整个村庄，大自然庄严地向人们宣布：冬天到了！毛毛不会意识到这一切，只是感觉要过一个年得等好长好长时间，而他的每一天都过得无比充实，他还没学会去回忆，不，他忙得没时间回忆！

毛毛正和乐乐在他家的水库上溜冰，越玩越觉得没意思，别人家的爸爸都会做好玩的溜冰车，而毛毛和乐乐只能互相拉着跑，不但没有溜冰车拉风，还是个体力活。乐乐长长的睫毛忽闪忽闪的，这表明她在想问题。“毛毛，我们去乡里找二姑吧，二姑今天从城里回来，肯定会在爸爸那里待好长时间，我们去乡上和二姑们会合怎么样?”乐乐兴奋地说。从城里回村子必须经过乡政府，毛毛爸在那上班，所以乐乐讲得很有道理。毛毛二姑不仅是个大美人，还是个女强人，高中还没毕业就开始当乡村老师，做了几年又开始做羊绒生意，后来做大做到了城里，在城里买了房子定居下来。当时的毛毛永远想不到，他二姑后来竟然成了集团的董事长，资产十几个亿。毛毛并不吭声，还是在那玩滑冰，默默忽略乐乐的存在。“二姑肯定给咱们带了好多好吃的，你不去就我一个人去了，好吃的就是我一人的了，哈哈……”乐乐开始刺激毛毛，毛毛突然停止滑冰，吼道：“这冰里有一条鱼，快看！快看！”毛毛显然对乐乐的主意没一点兴趣，原因很简单，要去乡上得走十几里路，他俩只是坐车去过几次，可从没步行去过。

为了不让村里的孩子们乱跑，大人们常唬小孩，路上的车都是专门抢小孩子的，沙梁里还有吃小孩的“毛野人”。那要去乡上怎么可能啊。乐乐看了看那鱼，灵机一动说：“我帮你把那条鱼弄出来，咱俩一起去吧，好吃的不给你吃你又哭鼻子！”毛毛缓缓地点点头。乐乐一阵小跑从路边捡来一块砖头，对冰面一阵猛烈地敲击后，小鱼终于浮出了水面。毛毛捡来一个塑料袋在水库里盛了些水，将小鱼小心翼翼地放进去。小小的毛毛特别讲信誉，皱着眉头说：“好吧，我们出发吧，遇到坏人的车和吃人的毛野人怎么办啊？”“藏起来啊！你不长腿啊？坏人抓你的时候你不会跑啊？”乐乐不假思索地说。

毛毛把装小鱼的塑料袋藏在水库边，两人便开始了人生第一次长途徒步冒险！

两个孩子沿着公路东张西望地走着，不一会儿就到了村口，外婆家就在村口路边，烟囱上炊烟袅袅，两人不约而同地向外婆家望去，恋恋地继续前行。曾经坐车几分钟就上去的坡，自己走起来发现好陡好长。向远远的沙梁望去，绵延的沙梁上稀稀落落地点缀着些沙柳，远处有几个人影在走动。“哇！是奶奶！”乐乐尖叫着。自从毛毛出生后，乐乐就和奶奶睡一个被窝，奶奶也最疼乐乐。乐乐快高兴疯了。“奶奶们还不回去啊，人家都开始做饭了，奶奶们真辛苦，她们一定看不见我们，你说……”乐乐不停地唠叨着。毛毛一言不发，他在想常给他打针的那个王医生对他说的话：“公路上的车里坐着人贩子，拿着刀刀剪剪，专割毛毛的屁股眼眼。”毛毛越想越瘆得慌。当然这是家里人管不住毛毛时唯一能镇住他的办法，村里那个打针的王医生也是毛毛唯一害怕的人。

毛毛时不时地前后望望，两个小孩不停地走着，奶奶们的身影也渐渐消失在了他们的视线范围内，乐乐好失落。其实，总有人会消失在我们的世界中，但一些人却住在了我们心里，就像赵野《此刻，你一定愿意》中说的：

你一定愿意沉默如
冬日的池水
偶尔一只鸟儿
从山下飞来
告诉你某人走了
某人还在

005 ◁

毛毛的小脑袋里想的全是车，终于到了邻村武素，只要穿过武素就到毛乌素乡政府了。公路尽头一辆白色小轿车映入他们的眼帘。“快跑！快跑！车！”毛毛大叫。两娃惊慌失措地往路两旁的庄稼地里跑，藏在浇地的水渠下面，探出两个小脑袋，眼睛睁得像核桃一样大，死死盯着远处的车。车缓缓驶了过来，两娃拼命把头往下钻，屏住呼吸。马达声已经远了，两娃还是保持原有动作。过了二十分钟左右，两个小孩终于敢出声了。“车好像走远了。”乐乐用几乎听不见的声音说。“嗯。”毛毛应答。其实两个小孩都出了一身汗，慢慢抬起头，竖起耳朵聆听几分钟后，半蹲起身子，又竖着耳朵听了几分钟后才敢走出庄稼地，这一下让两娃去乡上找二姑的兴趣全无，只是不好意思说出来，硬着头皮继续向前走着。

路旁有和毛毛家的破房子一样的建筑，他们是多么想到那里玩玩啊！曾在无数个黄昏，毛毛都是和小伙伴们在那个破房子上度过的，一起站在墙上疯跑，一起大声呼喊，一起玩小石头大战——当然石头大战是最危险的，后来都不玩了，一次砸得毛毛的手直哆嗦。两人都想到只剩下破墙的房子上去玩，可这毕竟不是他家的那个，万一跳出个“毛野人”怎么办，他们相互会意地摇摇头继续前行。

《毛野人的故事》是爷爷常给他们讲的童话，毛野人像大灰狼一样刻在了两个小孩心里。两人沉默不语，突然从岔路口走出个准备回家的农夫，把他们给吓坏了，两娃都呆站在了原地。那个大伯越走越近，两个小孩脑子里一片空白，第一次对绝望有了体会，冷汗又冒了出来。大伯并没有抓走他们，只是一直向前走着。他们慢慢缓过神来，眼泪早已在眼眶里打转，红着眼睛不知该怎么办，是继续向前还是就这样半途而废回家。

他们呆坐在了路边。“我们就在这等姑姑吧！”乐乐像想出个天大的好主意一样。“好吧，我们就在这边玩抓石子的游戏边等姑姑吧！”毛毛也欣慰地说。他们便席地而坐，在路边玩起了抓石子。小孩子真是天真无邪，不一会儿就忘记了自己的处境，正玩得不亦乐乎，远处飞速驶来一辆摩托车。等两个孩子可怜巴巴地瞪大眼睛站起来，摩托车已经停在了他们旁边，害怕、无奈、高兴……一连串的表情在两张稚嫩的脸上一览无余。“奶奶！奶奶！”乐乐哭着抱住了奶奶，毛毛一声不响地走过去，紧皱的眉头终于看不见了。奶奶背起乐乐，抱着毛毛，上了邻居家春子大哥冬子的摩托车，还没等回家，两个孩子已经睡得一塌糊涂了。直到毛毛二姑和毛毛爸一起从乡里回来，浓香的奶油味和各种零食的诱人味道将他俩从梦中“拉”了出来。

日子不平不淡地过着，毛毛也快6岁了，那个见人就拖长声音说“我小时候，不小心掉水库里，多亏我小姨把我捞上来”的小孩不见了；那个躲在炕角不让爷爷帮他擦脸的毛孩不见了；一看见大路上的卡车就露出两个大门牙，大着舌头说“大路上的车一挂比一挂快”的野孩子不见了；那个在下完雨后在积水的小水潭用一根竹竿、一丝长线钓鱼的小男孩不见了；那个在下完雨的路面，奔跑着故意双脚踩出水花，嘴里模拟发出哒哒马达声的调皮鬼不见了；那个骑着山羊喊“驾驾”的骑羊小子也不见了……

时间似乎无所不能，在这个刚来到花花世界的小毛孩身上也施展了“魔力”。不知在哪一刻起，毛毛突然变了，可能是身体努力抽芽长大的声音触动了他敏感的大脑，毛毛不再做那些他习以为常的事。他会一个人走在蓝天下对这个世界感到困惑，困惑太阳是不是真的跟着他跑，世界是不是真的围着他转，困惑到底是不是每个人都是老天爷安排故意与他相见，困惑老天爷是不是每天盯着他并在适当的时候惩罚他所犯的所有错……总之，他开始思考，他思考的时候，上帝一定不会笑。

毛毛开始对“昨天”产生了初步的意识，开始察觉今天到明天的距离不是他想的那么遥不可及，偶尔他会想起昨天他干的事，不过他会刻意回避这一点。毛毛似乎很早就懂了艾米莉·狄金森的小诗《如果回忆是忘记》：

如果回忆是忘记，
那我从未记起。

如果忘记，是回忆，

我近乎忘记。

如果想念，是快乐，

悲悼，是欢颜，

手指多么快活呀

它采撷到了这些，今天！

006 ◁

又是一个莺飞草长、鸟语花香的季节，毛毛正在院子里刨小蚂蚁玩，忽电闪雷鸣，暴雨倾盆而下，豆大的雨点噼里啪啦地打到毛毛脸上。毛毛兴奋极了，绕着院子一阵疯跑，嘴里还声嘶力竭地吼着："老天爷，好好下，白面馒头摆碗架。"这是一颗单纯、善良的心对大自然无偿馈赠的感恩和敬畏，这是他和大自然之间最直接的对话！

"牛牛，牛牛，吃饭了！"毛毛奶奶在门口喊毛毛吃饭，"唉，你这样会着凉的，快回来！快回来！"毛毛依依不舍地走回家，用毛巾简单地擦了擦脚，一纵一跃上了炕头，盘坐在了炕正中间，像往常一样坐在爷爷旁边。乐乐坐在爷爷另一边，毛毛奶奶斜坐在炕上，双腿耷拉在炕沿边。毛毛妈赶忙将热腾腾的饭盛上来，先给毛毛爷爷盛了一碗，毛毛爷爷递给毛毛说道："牛牛，快吃，暖暖身子，小心感冒了。"

毛毛接过饭碗，放在面前，夹了一块面片往嘴里放，就在接触嘴唇的刹那间，毛毛“啊”的一声：“烫死了，烫死了，这怎么吃啊?”毛毛将筷子往炕上一摔，随着脚一蹬，不料将滚烫的饭碗蹬翻在炕上，面片和热汤都倒在了小腿上。“啊啊啊……”毛毛号啕大哭，眼泪哗哗地往下流。

毛毛爷爷赶忙拿起他的擦汗巾，将毛毛腿下的面片和热汤尽可能地擦拭干。毛毛奶奶嘴里的面片也顾不得下咽，说道：“快找点腌制的酸菜，快!”毛毛妈站在地上像犯了天大的错误一样，小跑着去里屋找酸菜。

毛毛奶奶已经放下了饭碗，找来抹布将洒在油布上的饭往炕沿上推。毛毛爷爷用餐巾纸轻轻蘸着毛毛腿上的面汤，慢慢将黏在毛毛腿上的面片往下移。

乐乐呆坐在一旁，注意看着一切。毛毛妈已从内屋取来了半碗腌制的酸菜。“爹爹，爹爹，你给牛牛敷一下吧。”毛毛妈用哀求的口吻说道，顺便将碗递给毛毛爷爷，毕竟毛毛坐在炕靠里边，站在地上根本够不到。

毛毛已经哭得失声了，这一下急坏了毛毛奶奶，一直唠叨抱怨着。毛毛爷爷接过碗将最大的菜叶敷在了毛毛被烫伤的部位，“我找点消炎药吧，这烫得太厉害了，都起大泡了。”毛毛爷爷边说边在炕上的箱子里找药，毛毛妈从碗架上找来空碗准备给毛毛吃药。

毛毛开始哭出声音了，闪闪的泪珠顺着脸颊滴落在炕上，毛毛憋红的脸也慢慢恢复了正常，一场“风波”渐渐平息了。毛毛得在家乖乖待几个月了，小腿上还留下一个碗大的疤痕。一次次的闯祸，让毛毛的家人们决定：等毛毛 6 岁时，将两娃一起送去上学。

在毛毛眼里，太阳每天从东边的沙梁上升起，从西边的庄稼地里落下。在不断的日升日落变化中，毛毛也在长大。

“爸爸回来了！爸爸回来了！”一个夏日的午后，乐乐在门口吼道，惊醒了正在睡觉的毛毛爷爷。他从地下的橱柜中找了两个碗，又上了炕。还没等毛毛从睡梦中醒来，毛毛爸已经坐在他的旁边了，一会儿揪揪他的耳朵，一会儿捏捏他的鼻子，吵得毛毛忽地坐了起来，看见是爸爸，眼睛还没完全睁开就高兴地大呼：“爸爸回来了！爸爸回来了！”逗得毛毛爸爸、爷爷一阵大笑。毛毛爷爷倒了杯老砖茶，递给毛毛爸爸，爸爸双手接住，两人便谈起了毛毛和乐乐根本听不懂的话。

毛毛闲着没事，爬在炕上，探着脑袋喝起了毛毛爸爸的茶，乐乐也不服输，趴在炕上撅着屁股喝起了爷爷的茶。两个捣蛋鬼搞得大人们无法谈正事，毛毛爸爸忽然将头转向他俩，开口道：“毛毛、乐乐，我让你俩背的东西还记着不?”“1，2，3，4，5……”乐乐一跃从炕上站了起来吼道。

毛毛爸爸点了点头，说：“还有呢?”乐乐开始吞吞吐吐：“6，6……8”乐乐像蔫了的花一样，不敢正视爸爸。爸爸一脸严肃，厉声道：“中间的 7 呢?”

乐乐急了，呜咽道：“这个 7 太难背了，呜呜呜……”毛毛依然品着茶，一口气将 10 个数字背了下来，脑袋快要探到碗里了，样子呆笨呆笨的。

毛毛爸爸露出了欣慰的笑容，摸了摸乐乐的头说：“没事，以后多背几遍就记住了，等爸爸下次回来给你们买个足球，算是奖励，过几天，你俩也开始上学吧!”乐乐像没听见似的，无精打采地趴在炕上，毛毛突然从炕上跳了下来，爬在墙头上好一会儿，向不远处的学校望去，谁也不知道他在想什么。就这样，毛毛和乐乐上学了!

对于学校，毛毛和乐乐不知道意味着什么，但可以肯定的是，两个幼稚单纯的孩子要做出改变了。林徽因创作的第一首诗《谁爱这不息的变幻》，冥冥之中，竟道破了毛毛像林徽因般日后的坎坷和坚持。

谁爱这不息的变幻，她的行径?
催一阵急雨，抹一天云霞，月亮，
星光，日影，在在都是她的花样，
更不容峰峦与江海偷一刻安定。
骄傲地，她奉着那荒唐的使命：
看花放蕊树凋零；娇娃做了娘，
叫河流凝成冰雪；天地变了相；
都市喧哗，再寂成广漠的夜静!
虽说千万年在她掌握中操纵，
她不曾遗忘一丝毫发的卑微。
难怪她笑永恒是人们造的谎，
来抚慰恋爱的消失，死亡的痛。
但谁又能参透这幻化的轮回，
谁又大胆地爱过这伟大的变换?

007 ◁

村子里的学前班随时可以上，毛毛和乐乐这天吃过饭被爷爷送去了学校。两个孩子都背着同样的书包，拿着同样的文具盒、同样的铅笔，开启了他们的学习生涯。

把两个孩子安顿好后，爷爷一直在窗外窥探呢。乐乐心里有种说不出的难受，“哇”的一声哭了出来，可能是看见太多不熟悉的人和不熟悉的东西吧！随后跑出教室抱着爷爷的腿。

爷爷笑呵呵地安慰道：“我给你俩去买雪糕，乐乐乖，就在教室里坐一会儿，好吧！”

乐乐毕竟是个吃货，点点头哭着说：“爷爷，你要快点！”爷爷抱起乐乐，又把她重新安顿好，急着给他们去离学校不远的供销社买雪糕去了。

毛毛坐在那里一直削铅笔，用转笔刀把每支铅笔都修得又尖又长，买的五支全削完了，毛毛的脸和手被碳芯抹得花里胡哨。

乐乐不停地向窗外望。有时候，人最孤单、最落寞的时候，往往最能依靠的就是最亲的亲人。

老师进来了，中年男子，小学校长，姓王，负责学校的学前班和一年级全部课程。其实学校也就三个老师，三间教室。中间教室大一点，供一个老师上二、三年级的全部课程，最西边的教室最小，供一个老师上四年级的全部课程。这里五年级就都去乡上的中学读了。王校长让孩子们不要吵，告诉孩子们见了老师要说老师好，教孩子们如何拿笔。

学前班有二三十人，好多孩子都是第一次上课，有意思的事可真多，有三个孩子用左手拿笔，显然他们分不清左右手，老师怎么纠正都改不过来；一个娃一直蹲在板凳上，就是不肯坐下来；还有一个孩子一直站在桌子旁，硬是不坐板凳。

村子里的娃基本都上学晚，毛毛、乐乐算是年龄最小的了，漫长的一节课终于熬到头了，乐乐几乎就在铃响的瞬间跑出了教室。这里上下课都是王校长用手摇铃铛，所以一节课时间长短不一样，有时候王校长上课兴致来了就会忘记摇铃，其他老师笑着跑过来提醒他。一节课乐乐只记住老师的一句话："谁在上课时往教室外面跑，我就打谁屁股。"

毛毛爷爷已经坐在校长办公室了，乐乐刚出教室就大声吼："爷爷！爷爷！"

王老师在门口愣了一下后，缓缓拍了拍乐乐的后脑勺说："跟我来，你爷爷在这！"

乐乐见了爷爷，高兴坏了，一下子扑在爷爷怀里，夺走爷爷手中的雪糕，哭着喊着要回家。王老师笑呵呵地说："你和毛毛去校门口玩去吧！我和你爷爷在这商量点事。”

爷爷用大手一下子抚摸她的小脑袋说：“去吧！”乐乐高兴坏了，拿着雪糕急着去找毛毛，毛毛趴在桌子上已经睡着了。乐乐使劲儿摇醒毛毛，拿雪糕在他眼前晃了晃。无声的交流似乎更有力，毛毛转眼间就和她跑出了教室。

两个孩子第一天上学在校门口几乎玩了一下午石子，等爷爷走出校门时已经帮他俩收拾好了书包，他俩便一左一右跟着爷爷回家了。

夕阳下一个高大的身影旁两个弱小的背影向前移动着，时而一起哈哈大笑，时而嬉戏打闹，紧紧围绕在爷爷左右。树上的小鸟叽叽喳喳叫个不停，共同谱写成一首幸福小曲。晚霞红得像火，美如画，谁不羡慕这个陕北边陲幸福的大家庭啊！

第二天爷爷又去送毛毛、乐乐上学，乐乐仍然哭着喊着要回家，最后爷爷和两个小孩商量好，毛毛爷爷得一直在学校门口的大柳树下等两个孩子放学。上课了，乐乐一直向窗外监督爷爷，只要一下课，两个小孩便跑去找爷爷，就这样，毛毛爷爷陪毛毛和乐乐上学足足有一个月，乐乐终于答应不需要爷爷陪了，可乐乐时不时地要回家喝奶粉。当地流传着一首非常好听的儿歌：“乐乐乐乐穿红鞋（陕北方言读 hái），背上书包上学来，老师老师我回耶，喝上点奶粉又来耶。”

毛毛平平静静地上了一年级，这年他 6 岁，树叶开始泛黄，秋雨已带来凉意。毛毛和乐乐不能像学前班时那样吃完早饭再来上学（这里早饭 9 点多，一早起床都先去干活）。他俩也得六点多去学校，他们是正儿八经的学生了！

从此，每天早晨他俩都可以在上学的路上看见最闪最亮的星星。他俩偶尔也会有巴金在《繁星》中一样的感悟：

有一夜，那个在哥伦波上船的英国人指给我看天上的巨人。他用手指着：那四颗明亮的星是头，下面的几颗是身子，这几颗是手，那几颗是腿和脚，还有三颗星算是腰带。经他这一番指点，我果然看清楚了那个天上的巨人。看，那个巨人还在跑呢！

008 ◁

学校里风靡着一种游戏：弹玻璃球，每人一颗指甲盖大的玻璃球，只要用手指弹自己的玻璃球击到对方的就算赢。毛毛整天看着他们玩，真是羡慕死了。忽然，一天一个高年级的男生看他天天在那看，就拿起自己的玻璃球说："这颗卖给你吧！只要五毛钱！"然后将玻璃球含在嘴里，又吐出来接着说："看！这多亮多新啊！"毛毛二话没说，掏出五毛钱热情地递给他。

从此，无论天多么冷，哪怕是下着雪，毛毛也会跪在雪地里玩玻璃球。毛毛妈怕他冷，又给他织了件毛衣，可毛毛长时间在户外，由于天冷，总是挂着鼻涕，整天吸着鼻涕，影响到他玩玻璃球时，毛毛就随手擦到毛衣袖口，时间久了，毛衣袖口又黑又硬。毛毛妈想了个好办法，将毛毛爸的袜口剪下来，洗干净后缝到了毛毛的毛衣袖口，这样不仅能防止毛衣袖口走线，脏了也容易清洗。毛毛有了一件全村独一无二的毛衣，他还没注意到这点，他已经完全沉迷于这个游戏了！

一天，毛毛正在玩弹玻璃球，路边一个被损坏、露出一段碳芯的电池映入他的眼帘。碳芯和粉笔一样长短，那可以在墙上像老师一样写字。毛毛发现这个秘密后兴奋极了，随之暂停了他心爱的玻璃球游戏，将那节废旧电池使劲砸在地上，可根本没有摔出碳芯的迹象。砸了七八次后，毛毛决定带回家用铁锤砸，一溜烟跑回家，将这个“惊天发现”上气不接下气地告诉了乐乐。乐乐想着她以后在家里也能像老师那样写字、画画了，高兴得合不拢嘴。

毛毛悄悄地将家中炉子旁放的斧头拎到院子里，乐乐找来一块砖。毛毛将废电池放到砖头上，左手轻轻地扶着电池的一边，让乐乐用斧头砸另一边。乐乐抡起斧头，“啪”的一声砸了下去，毛毛“啊”的一声后没了声音，嘴巴大张，嘴唇发紫，却听不到哭声。乐乐砸在了毛毛的大拇指上，整个指甲盖都掉了下来，血一直往外涌。

乐乐吓坏了，一边往家跑一边大哭着喊妈妈。毛毛妈正在做饭，听到喊声后急忙往外跑，顺着乐乐指的方向望去，见毛毛左手血淋淋一片，张大着嘴巴哭不出一点声音。毛毛妈急忙简单包扎了下毛毛的手，抱着毛毛就往毛毛大姑家跑。毛毛大姑给毛毛先喂了几颗医院发的糖，然后在手指上撒了些药粉，用纱布小心翼翼包了起来。毛毛可能是哭得时间太长，有些疲惫，也渐渐没有了起初那么大的动静，安静了下来。

毛毛大姑给毛毛包了好多药后，又给他拿了些医用糖。毛毛妈再三询问确定无恙后，终于放心地离开了毛毛大姑家。乐乐和爷爷、奶奶住在正房，毛毛和妈妈住在偏房。等毛毛肿着双眼，爬在妈妈背上回到家，偏房墙上几个用碳芯写的拼音一下子惊住了毛毛，是“dui bu qi，wo gei ni zuo le yi gen fen bi”，旁边的地上直直地栽着一根碳芯。毛毛勉强原谅了乐乐。

当时的毛毛根本没想到，就在他老去的那天仍然记着那几个拼音，仍然会情不自禁地扬起嘴角笑一笑。当一个人渐渐老去时，才发现只有那些美好的回忆是可以带走的财富，若一个人已年迈八十，而供他回忆的事却寥寥无几时，老泪纵横不是所有人都能承受得起的。

村子里刚拉上电线不久，以前都还是点蜡烛或煤油灯。毛毛家拴上电线后，老式煤油灯便归了毛毛。晚上，毛毛常一个人静悄悄地坐在墙角捣鼓煤油灯。有时还把蜡烛也点着，将蜡泪捏成各种形状，里面再放上一根细绳，手工制作的“毛氏蜡烛”便诞生了！

毛毛大姑家是村子里条件数一数二的庄户人家，毛毛大姑夫是乡里变电站的站长，毛毛大姑又是乡村医生，大姑的公公还是正式干部，所以他家的两个孩子——帅帅和霞霞，从小衣食无忧，穿着全村最漂亮的衣服。他家是全县第一户安上电视的人家，是全乡第一户吃上螃蟹的人家……

自从帅帅家能看电视，毛毛和乐乐便迷上了电视，对动画片更是着迷。每天下午吃过饭，两人准时出发去大姑家看电视，帅帅和霞霞在乡上的中学读书，家里只有毛毛大姑一人。两人每天死死盯着电视机，毛毛大姑无奈，只好每天陪着他俩看动画片。看完动画片，他俩还会继续看电视，不管看懂看不懂，哪怕只是看画面，直到困了为止。每每看到九点多，他俩才恋恋地关掉电视，毛毛大姑才将他俩送回家。有时候他俩饿了，毛毛大姑还会给他俩炒鸡蛋或做点其他好吃的，每天风雨无阻的。当然大姑的恩惠他俩一直记在心里。他们在大姑家整整看了一年半，直到他家也装上电视。毛毛大姑一生的遭遇，让两个孩子读懂了舒婷的《惠安女子》：

野火在远方，远方
在你琥珀色的眼睛里

以古老部落的银饰
约束柔软的腰肢
幸福虽不可预期，但少女的梦
蒲公英一般徐徐落在海面上
啊，浪花无边无际

天生不爱倾诉苦难
并非苦难已经永远绝迹
当洞箫和琵琶在晚照中
唤醒普遍的忧伤
你把头巾一角轻轻咬在嘴里

这样优美地站在海天之间
令人忽略了：你的裸足

所踩过的碱滩和礁石

于是，在封面和插图中

你成为风景，成为传奇

009 ◁

毛毛大姑夫是一位特别和蔼可亲的领导，年轻时也赶时髦，喜欢听音乐，家里摆满了各种磁带，又是拉二胡能手，村子里每年春节闹秧歌，都是毛毛大姑夫上阵拉二胡。毛毛和乐乐天天去帅帅家，有时候会碰到大姑夫回家的那几天，他总是微微笑，逗他俩，两只大手卡住毛毛的下颚，往上用劲拔使毛毛腾空，说这是“拔萝卜”，可以让毛毛长个子。

毛毛的确个头小，可每次这样拔着实有点疼，时间久了，一见大姑夫“拔萝卜”就躲得远远的。毛毛大姑夫只好笑着哄毛毛：“不拔萝卜，不拔萝卜，玩飞人。”毛毛特喜欢玩这个，大姑夫将毛毛高高地举起，在空中“挥舞”几圈，乐得毛毛哈哈大笑，还边吼着：“把我扔到树那么高，我要抓鸟！”毛毛大姑父笑着借机又拔几下毛毛，毛毛玩得开心也不怎么抵抗。

这天毛毛和乐乐刚准备去帅帅家，就听见公路上大喇叭的声音不断重复着：今晚 8 点钟，村学校操场放映电影，请互相转告。毛毛和乐乐急忙跑向路边，见一辆卡车缓缓行驶着，上面装满了音箱、幕布和其他器材。毛毛他们见这新鲜玩意高兴坏了，跟在车后面傻乐着、跑着。开车的是一个青年，旁边还坐着一个中年人，看见毛毛和乐乐，友好的给他俩挥手并笑眯眯地大吼："小心，注意安全！"毛毛见对方冲他笑，就放开胆子，一下子扒上车，中年人瞪大双眼急忙站起，将毛毛拉了上去。乐乐眼巴巴地看着毛毛上了车，自己不敢扒车，只好傻傻地继续跟着卡车跑。毛毛在车上不断给她做着鬼脸。

卡车缓缓地在全村公路上行驶了几圈，最后停在了学校操场上。放电影的中年人开始捣鼓他的胶片，每当剪刀剪下一块胶片扔在地上，孩子们便一哄而上去抢。毛毛抢到了几块很小的胶片，很不知足地站在中年人旁继续等着。

操场上来的乡亲们越来越多，有的自带小板凳坐在电影幕布前，直勾勾地盯着幕布，坐等开始；有的拿着几件旧衣服平铺在地上，几个人围坐在一起，一边嗑瓜子一边唠家常；有的斜靠着树干，三三两两挤成一团。毛毛妈手上搭着两件棉袄，也有说有笑地和几个农妇走了过来。平时她都是很少言语的，看来今天也是心情好，厚棉袄是给毛毛和乐乐带的，当然毛毛的厚棉袄是特制的，袖口缝着袜口，用来擦鼻涕。

毛毛妈看见毛毛呆呆地站在放电影的中年人旁边，就边给他穿棉袄，边拉着他的手往靠近幕布一点的地方去，毛毛死拽着妈妈不肯走。"我要等这个！"毛毛举起手中的胶片央求道。中年人笑了笑，从盒子里掏出好长好长一卷胶片递给毛毛，温和地说：

“去吧！”毛毛欣喜地接过胶片，活蹦乱跳地去找他的小伙伴们炫耀去了。毛毛妈无奈，指着边上的大柳树压低嗓子吼道：“妈妈就在那等你，一会儿过来呀！”毛毛头也不回地说：“知道了！知道了！”

电影终于开始了，操场上一下子安静了许多，音响中传出的声音回荡在操场上空，显得格外高亢，星星也似乎都来凑热闹了，洒满了夜空，拼命地眨巴着眼睛。毛毛跑累了坐在妈妈怀里，一动不动地盯着幕布看，不知道他能否看懂，反正他看到鲁智深倒拔垂杨柳的情节时，一个劲地叫好。

后来毛毛看到《天堂电影院》时，总能想起那个放电影的中年人，还有那群抢胶片的小伙伴。

电影很快就结束了，和电影相比，毛毛更喜欢听陕北说书，书匠快板一打，将好听的故事娓娓道来，情真意切处或哼唱或哀号，再加上拉二胡、弹三弦、敲小锣和几人的附和，一场活灵活现的说书盛宴呈现在乡亲们面前，让人听得津津有味、流连忘返。

陕北说书是一种似散实精、似浅实深的文化遗产。毛毛喜欢看电影、听说书，因为它们共同拥有一种神秘而不可见的力量牵引人们相互靠近，心贴着心，看到了另外一种人生，就像罗马尼亚诗人尼基塔·斯特内斯库在《音乐》中描述音乐一样，会给你力量、治愈你。

音乐引导我走近事物，
在我和它们之间安上一个弹簧，

即便从遥远的球体上坠落，
我也不会折断任何肢体，
不会丧失任何力气。

音乐磁铁似的从我身上，
挑选铜色的情感，紫色的情感，
然后将它们高高举起，
犹如举起几棵萌芽的小草。

谁若守望，谁便会看见
一片铜色的原野，一片紫色的原野，
夜空中，那串淡蓝色的星星，
正在缓缓地解开，
星光下，
我们的生命
脸挨着脸，
胸贴着胸，
正在紧紧地拥抱。

010 ◁

毛毛家“压压井”旁的冰渐渐融化，鸟儿们欢快起来，树抽芽了，草也绿了。毛毛家、春子家、毛毛大舅家都住得不远，几家合伙雇佣了一个放羊老汉：陈祥。陈祥是个老光棍，羊群每天早上在毛毛家汇合，随后老陈赶上一大群羊出发，带上干粮和热水，傍晚便从远处的沙梁地里归来。从毛毛家到放羊的沙梁，要路过一片庄稼地，早上大人们帮着把羊群从庄稼地旁赶过，尽量不让羊进庄稼地。

过了庄稼地的第一个沙梁，人们都叫它“午莲晒滩”，傍晚孩子们都来这里接羊。乐乐、毛毛打头阵，走在羊群的最前面，春子和龙龙各管羊群左右一边，龙龙是毛毛大舅家的孩子，是毛毛的哥哥，老陈走在羊群的最后面，时不时甩几下鞭子，发出清脆响亮的声音，远处听见就像半空中响了几声雷。走在后面的慢羊吓得直往前窜，老陈又是一阵响鞭。

一个平常的傍晚，龙龙和春子都来毛毛家叫他们去接羊，路上龙龙突然询问他们三个各自的年龄，毛毛和乐乐支吾半天说不上来，春子说了个数字，毛毛和乐乐惊讶地看着春子，想不到他竟然知道自己的年龄。龙龙没有对春子的回答做出判断，毛毛和乐乐也就不知道春子说的到底是对是错。

龙龙又略带嘲笑地问："哪个方向是东?"乐乐仍然哑口无声，毛毛指着北说："那里是北，不知道哪里是东。"听春子一口气说出了东南西北，龙龙略带嘲讽地说："你俩还不如春子啊。"这样的话让春子有点洋洋得意，自此以后，毛毛打心眼佩服春子。

这天他们来到午莲晒滩仍然很早，便开始了往日的活动。毛毛和乐乐去摘柳，龙龙和春子挖坑，等坑挖到半米深时，毛毛和乐乐摘柳也回来了，龙龙将西瓜大的洞口用柳枝盖住，然后几个人一起往上刨沙，整个"陷阱"掩饰得不留一点缝隙，几个人兴奋地等着陈祥陷进去。不一会儿，就传来了老陈标准的响鞭声，几个孩子一直保持沉默，羊群不停地向前移动着，直到一只羊像往常一样掉进坑里发出"咩咩"的叫声，几个孩子才异口同声地"唉"了一声。

老陈看着他们又笑哈哈地打了几声响鞭，那响声比平时更亮更脆。这个夏天过后，老陈就走了，孩子们天天挖坑从没得逞过，老陈也从没阻止过这群孩子，却将自己的绝活打响鞭传给了毛毛。毛毛后来常常呆呆地看着夕阳，吼几句陕北民歌：神仙呦，挡不住、挡不住人想人，羊肚子手巾哎，三道道蓝……甩几下响鞭，发出划破天空的响声，他可能希望老陈能在远方听见吧!

毛毛虽然在车上吃过亏，可要“报复”经过村子车辆的心思从没变过。艳阳高照，毛毛穿着短裤裸着上身，赤着脚正在路旁的柳林里拉屎，呜呜的汽车马达声惊动了毛毛，毛毛提起裤子，拾起块石头往路旁一藏。小汽车缓缓开过来了，毛毛瞄准车窗，“啪”的一声将车窗砸出几条裂缝。小汽车停了下来，走出来几个衣冠楚楚、膀大腰圆的男人，毛毛可吓坏了。“难道这就是常听说的人贩子?”毛毛寻思着。

正在伙场放羊的爷爷赶了过来。一个戴墨镜的中年人先开了口:“这是你的孙子吗?”爷爷看见车窗被砸坏了，心里有了数，低声说:“小孩子不懂事，没看见有车来!”还没等爷爷说完，那几个中年人就开始轮流骂毛毛爷爷，他们知道自己吃了哑巴亏，这种地方农民哪有钱赔，只能骂着解气。“你们家长真没素质……”“有怎样的家长就有怎样的孩子，他妈的，算我们倒霉……”一阵猛烈攻击后，几个人气冲冲地上车走了。

毛毛爷爷随手扬起放羊的鞭子，向毛毛身上抽了几鞭。毛毛光着身子，从胳膊到背部留下几条红红的深痕。毛毛从没挨过爷爷的打，从头想到脚也想不明白，当然也根本没想到躲闪，他可是全村玩具最多的孩子，是爷爷的宝贝疙瘩，被打后毛毛哭着跑了。

到下午家里才知道，毛毛撒气将自家地里所有的西瓜都踢了个稀巴烂，这次爷爷没骂他、没打他，只是家里人唠叨了几天。秋天，毛毛只能吃别人送的少得可怜的几个西瓜。从此，毛毛再也没有让经过村子的车辆遭殃的想法了。他开始意识到他和小伙伴们并不是做了村民们不敢做、维护正义的好事，小伙伴们也并不是什么“英雄”，过路车并不是什么“怪兽”，他开始思考村民们和过路车司机的相处方式是否正确，他似乎意识到好多人、好多事并不是非好即坏，他做的一切出发点都是好的，却可能做了“坏事”，他的困惑也越来越多。

马克思说：“人的本质不是单个人所固有的抽象物，在其现实性上，它是一切社会关系的总和。”毛毛有着一颗单纯善良的心，却因不理解世界屡屡遭罪，人与人之间应该多一些坦诚，就会被世界温柔以待。诗人汪静之《我愿》说出了毛毛内心的话：

我愿把人间的心，
一个个都聚拢来，
共总熔成了一个；
像月亮般挂在清清的天上，
给大家看个明明白白。

我愿把人间的心，
一个个都聚拢来，
用仁爱的日光洗洁了；
重新送还给人们，
使误解从此消散了。

011 ◁

毛毛终于盼来了他的第一个暑假，几个小伙伴每天吃完早饭就来毛毛家玩。假期的前几天，孩子们都想不到什么好玩的，就只能丢沙包、用菜篮子套鸟……一天韩大看见毛毛家老母鸡正在孵小鸡，突发奇想：“咱们掏鸟蛋吧！把掏来的鸟蛋都放到老母鸡的窝里，看能孵出什么?”

韩大可是毛毛最要好的朋友，毛毛听后和其他小伙伴一起欢呼起来。“我家的鸟窝最多、最好掏，哈哈，就掏我家的吧!”毛毛第一个说道。“孵出的麻雀咱都养起来。”“会不会孵出个既像麻雀又像鸡的怪物啊?”“咱要把全村的鸟窝都掏完。”“咱最后建个麻雀园，养数不清的麻雀。”……孩子们你一言他一语地说着，愉快的假期生活就要开始了，不得不羡慕他们的天真和幻想。

村子里每家每户都养牲口，有羊、猪、骡子，富一点的还会养几头牛。羊圈，是用木头桩子围成的一个圈，最简陋；猪圈是用砖堆砌而成的，村民们会在其一个角上搭一些塑料、木板等来遮风挡雨；骡棚和牛棚是最“豪华”的，和房屋等高，三面墙，一面用木头桩子将其围成封闭型，有个可移动的栅栏口供牲口进出。

骡棚里鸟窝最多，孩子们搬来梯子一个窝一个窝地掏，刚开始就掏到好多鸟蛋，麻雀蛋像玻璃球般大小，蛋壳上布满黑色的小点点，掏出来时一般都是暖暖的带着温度。孩子们把掏来的鸟蛋先放到一个塑料盆里，下面铺上一层沙，准备傍晚时一起放到老母鸡的窝里。掏着掏着，竟掏出一窝还没长出毛的小麻雀。乐乐非要养这些小麻雀，孩子们就找来大纸箱，下面垫上沙子、衣服，最后将掏来的鸟窝也放进去，给小麻雀们换了新家。

傍晚，毛毛拿着鸟蛋准备靠近鸡窝时，老母鸡卧在窝里嘎嘎地叫了起来，直勾勾地盯着毛毛。毛毛还没意识到老母鸡护子心切，又向前迈了一步，老母鸡立刻站了起来，打开双翅，发出更加尖锐的声音，像要和毛毛决一死战似的紧紧盯着他。毛毛无法向前迈出半步，无奈之下，学了几声狗叫后灰溜溜地回家了。

晚上乐乐把装小麻雀的纸箱搬回了家，把挤来的羊奶一滴一滴喂进它们的嘴里。毛毛也只好暂且把鸟蛋放进了纸箱。毛毛奶奶看见乐乐，一脸严肃地说：“你以后别去掏鸟蛋了，也别碰小麻雀，不然将来结了婚腌制的菜会臭的！”毛毛妈也附和道：“你奶奶知道得多，别再去了，以后和妈妈去浇地！”乐乐听了，害怕地放下手中的活，看着神秘的奶奶不停地问为什么，感觉像个魔咒。奶奶只说了一句：“祖上传下来的规矩！”乐乐更是摸不着头脑。总之，以后给小麻雀喂食的活可得毛毛一个人干了。

孩子们几天内就将毛毛骡棚里的鸟蛋掏完了，便将阵地转向了路旁的大柳树。韩大可是上树能手，光着脚上树如履平地一样灵活自如，都是赤脚跑大的孩子，其他孩子虽比韩大逊了点，但上树技艺也是超群的。

大柳树上的鸟窝散发着阵阵恶臭味，孩子们都知道那是啄木鸟的窝，所以韩大推三阻四地不想上去。韩大的弟弟韩二流用鄙视的眼神看着哥哥，三下五除二爬上柳树，憋着气掏出鸟蛋，将带着体温的啄木鸟蛋硬生生地塞到哥哥手里，用命令似的口吻说道："快去送到毛毛家的纸箱子里！"韩大很不情愿地双手捂着鸟蛋，和毛毛一起跑回了家。

毛毛爷爷一眼看出来是啄木鸟蛋，摸了摸两个孩子的头说："啄木鸟是好东西，拿走它的孩子你们会倒霉运的，快放回去吧！"村子里所有的东西都带着些神秘色彩，孩子们对这些东西都万分相信，所以还没等毛毛爷爷继续教导，两个孩子早撒开腿给啄木鸟还蛋去了。

孩子们正瞪大眼睛到处寻觅鸟窝时，一个特大号的树洞吸引了所有孩子的眼球。"会不会是蛇洞？"毛毛皱着眉头问。"不会吧，咱们村好像没蛇啊！"宏宏说。宏宏是毛毛的表哥，和毛毛年龄相仿，天天在一起玩。村子小，共分四个队，一队基本上都是一个姓，都是亲戚。毛毛虽然没见过蛇，可最害怕蛇了，他听过这样一个故事：一个农民去浇地，用铁锹不小心将一条蛇的头铲掉了，当天没在意，晚上震耳欲聋的雷声过后伴着闪电，蛇头和蛇身复原了，第二天，那户农民全家死于蛇毒。蛇，毛毛看不见，但却是存在的，毛毛坚信在成长途中倘若迷了路，"看不见"

的事物其实是一直存在的，会在他疲惫不堪的时候迸发力量。如日本诗人金子美铃《星星和蒲公英》中描述的，一如希望和幸福。

在蓝天的尽头
白天的星星肉眼看不见
像是海里的小石头
傍晚来临前都沉在海底
看不见它却存在着
看不见的东西也是存在的

枯萎凋谢的蒲公英
在瓦缝里不作声
一直躲到春天来
肉眼看不见它顽强的根
看不见它却存在着
看不见的东西也是存在的

012 ◁

几个孩子除了毛毛都急忙忙地上了树，经韩大仔细辨别后认定那是猫头鹰的窝。韩大兴奋地将手伸进去，鸟洞把大半截胳膊都遮住了，韩大惊叫道："有！有！"他将胳膊慢慢移出鸟窝，捧出一只鸽子般大的鸟。毛毛仔细端详了半天叫不出鸟的名字，韩大把鸟往地上一扔，那鸟"吧唧"摔在了地上，原来它看着体积大，竟是只刚孵出不久的雏鸟。

韩大陆续又掏出几只鸟，几下就将鸟窝掏了个空。他两手扒着大树，双脚灵活地向下移动，随后"砰"的一声跳了下来，抓起一只雏鸟说："这是猫头鹰，昨天，那只大猫头鹰还吃了我家的一只小鸡，我看见了一直大喊一直大喊，还是被它叼走了！这该死的东西！"说完恶狠狠地盯着小猫头鹰。

远处的大杨树上传来猫头鹰凄惨的叫声，听的人往骨子里寒。"哇！猫头鹰这么大啊！这些一定是它的孩子！"毛毛顺着叫声望去，第一次见猫头鹰好奇地吼道。那只老猫头鹰蹲在高大的杨树上俯视着地上的一切，眼神中有愤恨、怜爱……韩大将小猫头鹰一只一只地扔到路边，老猫头鹰的叫声越来越凄惨、尖利，有要吞噬一切的势头。韩大算是报仇了，可毛毛觉得这样做太狠了，等小伙伴们散去后，毛毛又偷偷将所有的小猫头鹰放回了树洞。老猫头鹰从下午一直叫到深夜，第二天就不见了。

那天晚上，毛毛做了一个怪梦：村子里飞来一只闪闪发光超级漂亮的金黄色灵鸟，像电视上神仙一样散发着光圈，那只仙鸟就落在他家屋后的电线杆上，毛毛的小伙伴们都想方设法地逮那只鸟，用弹弓、用箭、用玩具枪……路过的大人们不管多忙，也都驻足观看，吸引了好多热闹的看客。毛毛站在下面心急如焚，生怕有人伤着那只漂亮的仙鸟。“你快飞啊!”毛毛脱口而出。那只鸟像在寻觅主人一样，一下子飞到了毛毛肩膀上。毛毛梦里都乐得合不拢嘴，带着漂亮的金鸟，从村头跑到村尾，又从村尾跑到村头。

正跑着呢，妈妈把他从睡梦中叫了起来。这几天，毛毛虽然对小麻雀们百般呵护，但还是不幸死去了一只。毛毛哭着问妈妈为什么，妈妈说是小麻雀想妈妈，伤心死了。毛毛连夜踩着梯子又将所有小麻雀和鸟蛋放回了鸟窝。夜黑风高，毛毛重重地从梯子上摔下来好几次，划下好几道深深的伤口。当然，这几天他整天闷闷不乐，不是因为自己身体上的伤口，他悔恨因为他们的不懂事，让麻雀妈妈没了宝宝，小麻雀没了妈妈。“牛牛，牛牛，给你一个好玩的!”毛毛虽然上学了，毛毛妈有时候还这样亲切地叫他的小名。“啊呀！妈妈，我正做美梦呢，什么事啊?”毛毛边甩开妈妈摇他的手边不耐烦地说。“一只非常大的鸟落在了咱家羊圈旁，受伤了不会飞，一会儿春子看见了就没你的了。”毛毛妈继续双手轻轻摇着毛毛说道。毛毛像触了电似的一下子蹦了起来，只穿着内裤就直奔羊圈。

果然一只比猫头鹰还大好多的鸟卧在羊圈栅栏旁，远远望去就像一只黑山羊卧在那里，毛毛怕把它惊到吓走它，蹲在不远处默默观察着它。巨鸟怯怯地盯着毛毛，将眼皮耷拉了下来，将头缩回去没有要飞走的意思，偶尔用喙啄啄它的右翅。毛毛小心翼翼地靠近它，才发现右翅在滴血，原来巨鸟中弹了，坚持飞到了这里。

毛毛三步并作两步，吃力地抱起巨鸟就往院子里跑。毛毛经常受伤，爸爸就在乡上的医院给他拿回来好多包扎的纱布、医用酒精、棉签什么的。毛毛将所有包扎用品一下子全搬到磨道（磨道相当于一个小院子，在正房和偏房的中间，中心摆着一个石磨，村里通了电，安上电磨后，石磨就闲置下来了），学着大姑给他包扎的样子，开始给巨鸟包扎。毛毛第一次包扎，怕伤着巨鸟，还没等包扎完汗珠就一直往下滴。巨鸟通人性似的，眼角湿湿的，一直可怜巴巴地观察着毛毛。

终于包扎好了，毛毛顾不得吃饭，赶忙从家里取出一个小碗，里面放上玉米、小米，放到巨鸟面前，又在旁边摆了个装满水的小碟子。每次毛毛跑回屋里的时候，生怕巨鸟飞走，都是以“百米冲刺”的速度再跑到磨道，回来看见巨鸟还在，更是喜欢那只巨鸟了。

毛毛又花了几个小时给巨鸟用砖头垒了个窝，等毛毛妈再来喊他回家吃饭已经是晌午饭了，毛毛妈最懂毛毛，知道毛毛忙不完是不会回家吃饭的。毛毛狼吞虎咽地随便吃了一些，又跑去磨道忙活去了。过了几天，巨鸟开始在院子里到处走动了，不过看见毛毛家的其他人，巨鸟会害怕地躲开，全村的小伙伴都羡慕地来看大鸟，毛毛都将他们拒之门外。过了一段时间，巨鸟痊愈了，白天常和毛毛家的鸡抢食吃，吃饱便飞到远处的大树林里，晚上又飞回毛毛盖的小窝里，和毛毛越来越亲密，远远看见毛毛就从树上飞下来，在毛毛上方来回盘旋。毛毛总是随身带着米粒，在哪见它就扔一把给它，到处炫耀他的宝贝巨鸟。

好景不长，几个月后，巨鸟再也没飞回来。后来毛毛到处打听，才知道是城里来的一些人用沙枪打昏带走了。毛毛哭得特别伤心，他常常一个人偷偷祈祷，希望巨鸟可以活着，能自由。

后来，毛毛对《神雕侠侣》中杨过和神雕的感情特别理解，看到《忠犬八公》更是数次落泪。巨鸟和毛毛的感情就像美国女诗人艾米莉·狄金森写给闺蜜苏珊的《我有一只春鸟》的一样，只剩道声珍重，我很想你。

那时我将不会苦恼
因为我知道我的鸟
纵然已经飞去
但在远方的树上
为我尽情欢唱
必回无疑

013 ◁

村子里人少，学校每个年级只有十几个学生，五年级就得去乡上的中学，在学校食宿，上十天课放四天假，放假第一天上午和收假前一天下午基本都是在路上，所以也就相当于三天假。

村子里的小学共三个教室三个老师，一个教室里有一个代课老师，一个年级的坐在一边，老师先上一个年级的课，等讲完课让这个年级的做练习，再给旁边另一个年级的讲课，所以毛毛常常偷听旁边高年级的课程。

毛毛二年级的代课老师是个刚初三毕业的学生，全乡统考第一，姓尤，没钱上高中，乡政府就安排他到村子里教小学生，他一边教书、一边自学、一边攒钱，他有一个大学梦。尤老师可是超级严厉的，年轻气盛，作业错了、回答不上问题都得挨他的讲棍。

毛毛不太会说话，同桌那女生不着调，毛毛最烦她，每次同桌要进出他都一动不动，不给让位。一次，那女生就向老师告了他的状，毛毛知道这次完了。

尤老师气冲冲地走进教室，满脸怒气地指着毛毛：“你怎么从来不做好事啊，谁给你的胆让你这么做了？”一把揪住毛毛的耳朵就往最后一排走。“这是你祥子大哥，弟兄俩都是倒数第一，你俩坐在一起最合适！”尤老师边说边朝毛毛后脑勺上来了一巴掌。

祥子是三年级倒数第一，毛毛是一年级升二年级时全班倒数第一。没办法，毛毛太爱睡觉，上全部课程基本都处于休眠状态，作业本上到处都是流的口水。祥子是全校个头最高的学生，有一股蛮劲，曾用指甲把前面男生脖子上长的疣子抠掉了。

毛毛揉了揉发红的耳朵，低着头将他的书包从前排移了过来。尤老师看着毛毛慢腾腾的动作，朝着屁股又是一脚。“哥啊，你就不能快点吗？”毛毛怕再来一脚，赶忙朝最后一排跑去。

后来，这两个人虽然不是一个年级，却成了非常要好的朋友。祥子教给毛毛好多好玩的东西，如在文具盒上绑几根橡皮圈，没事就一起“弹弹琴”。

毛毛怎么也不会想到，就在他创业的那几年，祥子摇身一变成了百万富翁。他为人踏实憨厚，手艺又精，不贪钱，周围人盖房子、装修都想方设法地找他，他已经在当地小有名气了！

尤老师要求学生们下午吃完饭后必须在家做作业，不许出去玩。他常常从村头走到村尾监督，哪家孩子在路上玩被他发现，第二天到了学校可就有“好果子”吃了。他的学生没有一个没挨过他的打，毛毛还受过一次非常“特殊”的教育。

那天天气特别热，村子里浇地抽不出地下水，庄稼都快旱死了，毛毛爷爷决定抽他家水库里的水浇全村旱得特别严重的庄稼。

傍晚，毛毛和兵兵正在家做作业（兵兵是毛毛二姑家的孩子，和他爷爷奶奶住在村里的二队，没事常来毛毛家玩），宏宏鬼头鬼脑地跑进来，压不住内心的兴奋低声细语说：“你家水库里的水抽干了，现在里面全是鱼，快去捞，春子他们都捞了一箩筐了！”兵兵听后二话不说，纵身一跃跳下炕头，赤着脚直奔水库。毛毛害怕尤老师，再三犹豫后还是拿着箩筐去了。

等毛毛到了水库，场面太壮观了，草鱼在淤泥里摇头摆尾，春子、龙龙、伟伟都在，还有住得比较远的大勇——兵兵的一个同班同学。毛毛立即脱下短袖，卷起裤腿，开始在淤泥里捡鱼，乐乐也来了。毛毛和兵兵只管往岸上扔鱼，乐乐往箩筐里拾，大鱼到处乱窜，溅得孩子们脸上、衣服上都是泥水，再加上傍晚水库里到处都是要命的蚊子，几个娃不一会儿已经满脸淤泥。

红日渐渐沉入地平线，毛毛和兵兵捡的鱼也装了满满一箩筐，孩子们都满载而归，晚上可以享受美味盛宴了！

一回到家，毛毛奶奶便让把鱼拿到毛毛大姑家“收拾”，说自己闻不得那鱼腥味，其实，她就是想让她大女儿尝尝这美味。

毛毛、兵兵、乐乐一起端着鱼直奔大姑家，几个人有说有笑地开始“收拾”鱼。乐乐将鱼洗干净后，兵兵和毛毛用刀子剥鱼鳞，大姑在院子里的灶台上烧火和面，为炸鱼做准备，分工明确，不到半小时鱼就“收拾”干净了，毛毛几个娃便到屋里看电视，大姑在外面的灶台上炸鱼。几个孩子完全沉浸在了这美好的氛围里，作业和尤老师的要求已经抛之脑后，隐隐约约听见有人来找大姑拿药，他们笑着埋怨耽误大姑炸鱼。等大姑将炸鱼端上来，几个孩子狼吞虎咽地吃了一通，将剩下的鱼给大姑留了一些后，几个孩子便打着手电将鱼端回了毛毛家。

尤老师平时对毛毛特别凶，但是碰到毛毛写作业没吃饭，还会亲手给毛毛做好吃的，所以毛毛对尤老师有些许怨念，但更多的还是感谢。从他身上，毛毛学到了自强和倔强。若干年后，毛毛读到美国音乐人、诗人艺术家鲍勃·迪伦的《流星》时，莫名就想起了尤老师。

今夜看到一颗流星
我想到了你
你曾想闯入另一个世界
一片我从未听闻的天地
我一直有些想知道
你是否已经成功
今夜看到一颗流星
我想到了你

今夜看到一颗流星
我想到了自己
是否我依然故我
是否我已变成你想要的我
是否我已迷失了或越过了
只有你看得到的界限？
今夜看到一颗流星
我想到了自己

014 ◁

第二天上课铃声一响，尤老师满脸阴笑地走进了教室，让在座的所有学生不由得打冷战。“昨天捞鱼的那几位仁兄，出来!”尤老师说话时喉结特别明显，这样平和的语气反而让毛毛们更加害怕。

兵兵和大勇先站了起来，低着头朝讲台走去，随后宏宏、龙龙、毛毛、乐乐都跟了上去。“你们这几个家伙，放学后为啥不在家好好写作业？鱼是不是特别好吃?”尤老师边说边用两根指头托起大勇的下巴，“你们说说，我该怎么处置你们啊？嗯?”尤老师略做沉思状后继续说道：“好吧，两两搭档，互相抽嘴巴子吧!”尤老师双手叉腰站在一旁。

教室里显得格外安静，六个人面面相觑，讲台下的学生更是不敢出声，免得招来横祸。“你们不动手，是不是等着我抽啊?”尤老师边说边靠近他们。大勇急了，赶忙给兵兵一巴掌，兵兵挨得猝不及防，立即给大勇回了一耳光，大勇觉得兵兵使得劲比自己大，出手时又加大了劲，兵兵瞪着他，从眼神中能看出种种不满和愤怒，两人就这样开始了一巴掌比一巴掌更有力的拉锯战。

宏宏和龙龙两人默契比较好，不愠不火地互相抽着耳光。毛毛和乐乐两人也羞愤地不情不愿地互相抽着。尤老师看着他们，不满足地吼道："使点劲，鱼都白吃了？是不是要我教你们啊？"说着朝着靠近他的龙龙脸上就是一巴掌。"看到没有？这样打！"尤老师瞪大眼睛盯着毛毛和乐乐，显然手劲比较大，龙龙的半边脸一下子像烧红的铁块一样。

毛毛和乐乐做出很用力的表情，但手劲依然没变，尤老师很不满意地对着龙龙又是一耳光，大吼道："这样打！听不懂吗！"毛毛和乐乐对视了一下，下不了手。"铃铃铃——"下课的铃声将所有人从这场特殊教育中抽了出来，讲台下的学生也松了口气。"这次就这样轻饶你们！如果有下次的话，哼！"尤老师气冲冲地走出了教室。春子和伟伟庆幸自己没站出来，幸灾乐祸地上讲台问他们疼不疼，毛毛不怕疼，可对别人抽自己的脸是本能的抵触，尤老师从此成了他的噩梦。

秋去秋又来，很快就过年了，这是毛毛长大后印象深刻的一年，年前家人忙着办年货、包饺子。过年那天，爷爷让毛毛一大早起床放炮，说这天起得早的话才能全年起床早，好好放炮会让全年有个好彩头。毛毛帮爸爸贴了所有的对联，包括猪圈、羊圈、骡棚。

毛毛最喜欢的是正房门前土神爷的对联，长 30 厘米左右，宽 10 厘米左右，只有一条竖联写着"土神之位"，贴在离墙根一米高的位置，下面摆个小桌子，上面供着水果、酒，还在一个装满黄米的碗里插着三根香，一直保持碗里的香不灭，毛毛不停查看碗里的香，只要快燃到根上时，就再换上一根。

每次吃完饭，毛毛爷爷就让毛毛给“土神之位”四个字下面的墙上倒点酒，说希望保佑毛毛长大后出人头地。对于这么庄严的事情，毛毛每次干得特别谨慎，创造性地每次倒酒前先磕三个响头，然后毕恭毕敬地给土神爷敬酒。

这里靠近内蒙古，有大口吃肉大口喝酒的习惯。中午全家人围在一起吃猪头、羊头、猪蹄、羊蹄，吃完毛毛妈又赶忙整几个下酒菜，毛毛爷爷、毛毛爸爸，还有毛毛小姑夫，三个人边打牌边喝酒。毛毛小姑家在乡上开了家饭店，一家三口人在乡上过年太冷清；毛毛小姑夫兄弟又特别多，不需要专门回去陪父母，所以小姑一声令下，都去毛毛家过年，这样过年就热闹了很多。

男人们喝酒，女人们坐在炕沿边准备初一的饭菜边拉家常。毛毛、乐乐，还有小姑家的女儿梅梅就在院子里放炮，偶尔捡几个没响的炮，拆开来，点里面的火药玩。

初一毛毛一家起床都早，爸爸妈妈给几位年长的长辈拜年，毛毛、乐乐给外婆、大舅还有大姑家拜年，一圈下来，能挣些压岁钱，可这些都得上交，毛毛和乐乐反倒不是很兴奋。从外婆家出来，不远处的公路上有好多崭新的一元钱，毛毛、乐乐高兴极了，显然是哪位粗心的小鬼忙着拜年，把压岁钱弄丢了，两人赶忙捡完地上的钱，这些不用上交，两人边往家跑边偷偷乐。

一回到家，屋子里黑压压的全是人，都是来给毛毛爷爷拜年的。毛毛爷爷德高望重，本族里就有好多晚辈，毛毛爷爷有兄弟姊妹六个，六家人的晚辈都会携妻带子来拜年，还有大老远跑来感恩毛毛爷爷的。男人们急着喝酒，草草吃过饭后就开始划拳打关，女人们忙着在两个灶台上做下酒菜，也有三三两两围在一起抱怨老公的。

十几个男人围成一圈坐在毛毛家的大炕上，场面着实壮观。玩牌输了的必须喝酒，喝不过去就找人代喝或者罚唱。孩子们使劲插在人群缝里，乐哈哈地盯着他们玩牌、说荤话。毛毛大爷爷酒量不好，几圈下来就喝不动了，不过陕北酸曲倒是张口就来。

毛毛喜欢听他唱歌，所以就挤在他旁边，毛毛大爷爷看着毛毛，酸曲随即就来。“毛呼噜噜花眼眼，小白脸脸，你给爷爷掉过来……”大人们笑着叫好，站在地下的婆姨们也偶尔来凑热闹，时不时插几句话，看着老人家唱得这么好，笑嘻嘻地吼：“毛毛，你也给大爷爷端上几杯酒，唱首歌！”

毛毛常在酒场上混，酸曲也会一两个，略带羞涩地端起酒杯，对着大爷爷唱道：“三十里的鸣沙，二十里的水，五十里的路上，我来看大爷爷您，半个月我就跑了十五回，您把我跑成了个罗圈圈腿。”唱完大人们哄堂大笑，喊叫着唱得好，让毛毛大爷爷把酒喝干，就这样，毛毛家欢欢喜喜、吵吵嚷嚷、有说有笑地过着大年。

过完正月二十三，整个年才算结束。这天是毛毛最开心的一天，晚上全家“跳火堆”。天刚暗下来，毛毛、乐乐就抱了些柴火放在离大门不远的地方，毛毛妈将火点着后，看着毛毛奶奶笑着说：“咱大人不跳了吧？”毛毛奶奶一脸严肃地说：“这是祖宗留下来的！不跳一年走霉运！”说着朝火堆上垮了过去，毛毛和乐乐看着火堆越烧越旺，乐坏了，追着抢着跳，毛毛爷爷抬起一条腿，朝火堆上绕了绕，边挥腿边说“燎一燎”，意思是将过去一年不好的东西都烧掉。毛毛爸爸已经去乡政府上班了，没能参加这传统的“跳火堆”。

毛毛和乐乐一直跳到火灭才回家，当天晚上，两人都在褥子上画了个大“地图”。乐乐有尿床的习惯，对这一点也不害臊，起床后照常有说有笑。毛毛刚起床倒觉得不好意思，一会儿工夫，倒也忘得干净，像往常一样回归了欢闹。

年算是过完了，毛毛的这一年就像九叶派诗人陈敬容《沙岸上》描述的一样，夹杂着淡淡的暖。

漫步在白色沙岸上
碧绿的流水
淡黄的夕阳
钟声迢远地走来
从爱的故乡

春天像一个梦
夏天像一簇光
秋日将我的思虑澄清
最后寒冬来收集
所有大地的宝藏

当我落入默想

我的眼睛飞向最高的山冈
那儿也可以俯瞰也可以仰望
宇宙很大吗
这儿只一片风
一片风，轻轻地响

015 ◁

过年后，学校调来了新老师。尤老师走的那天，毛毛正在家看电视，一阵摩托的马达声越来越响，渐渐逼近毛毛家，最后就在毛毛家的大门口停了下来。毛毛担心是尤老师，像长了飞毛腿一样，一个箭步关掉电视，把书摊在桌子上一动不动地等着那个人进屋。

透过窗户，果然是尤老师熟悉的身影。一阵急促的脚步声后，尤老师敲门走了进来。毛毛的心越跳越快，要是让尤老师知道他放学后看电视后果不堪设想啊！他情不自禁地望向电视，“啊！糟了，电源线忘记拔了，尤老师只要一摸滚烫的电源线就全暴露了。”毛毛心里边嘀咕边不由得打了个冷战。

尤老师一改往日的严肃，笑眯眯地问毛毛爷爷去哪了，说话时喉结晃动得依然那么明显，声音还是那么有磁性。毛毛怯怯地说：“不在家，不知道去哪了。”尤老师略显遗憾地叹了口气，说他要走了，专程来给毛毛爷爷道个别，特别感谢毛毛爷爷这两年对他的照顾，说完眼睛红红的，转身就走了。

尤老师的摩托马达声越来越远，直至毛毛耳边一片寂静。毛毛还是不敢再开电视。《小虎还乡》中小虎的遭遇一下一下牵动着他的心。毛毛可是十分迷恋电视的，曾和乐乐从日出看到日落，电源插头的意外着火才终结了他一天的电视生活。这天毛毛竟然硬是忍着没再开电视，可见尤老师对他的威慑力有多大。

毛毛生平第一次喊救命也和尤老师有关。事情是这样的：一次，毛毛正在沙梁中间一棵突兀的柳树上面睡觉，远处一个人影摇摇晃晃地向这边走来，样子像极了尤老师。“那是不是尤老师啊？”正在树下玩石头的乐乐指着远处问道。毛毛一下急了，要是让尤老师看见他上树又不知道会怎样收拾他，还没站直身体，翻身一跃，准备往下跳。

可怜的毛毛运气太差，竟被一根树枝挂着短袖吊在了半空中，要上上不去，要下下不来，处境十分尴尬。毛毛在半空中胡乱地扑腾着，“咯吱”一声树枝断成了两截，毛毛一个狗吃屎重重地摔在了地上。“快救命啊！”毛毛躺在地上捂着肚子无力地说，声音细微。乐乐看到此景，忍不住笑了出来，她可是第一次在现实生活中听到有人喊救命，像是看着小丑一样盯着毛毛，越看笑得越大声。

毛毛感觉自己快要疼死了，眼前一下子浮现出了爷爷、妈妈等好多亲人。正在浮想中，毛毛肚子的疼痛就开始慢慢减轻了。“你还是人吗？”毛毛第一次这样骂姐姐，乐乐仍然笑得前仰后合，一言不发。

远处的人影逐渐靠近，原来不是尤老师，两个人不约而同长舒了口气。毛毛气冲冲地站起来，捂着肚子向家走去，乐乐静静地跟在后面，边走边笑。

调来的新老师姓田，矮个子中年妇女，不到一米六，远看就像个小姑娘，总是一副和蔼可亲的样子。

毛毛一直记得她的第一节课。田老师井井有条地把第一节课内容讲完后，开始提问同学们。第一个叫到的就是毛毛，毛毛放开胆子把想到的东西全部说完后，田老师笑着说“很好很好”，接着让其他同学谈谈他们的想法，最后田老师带着慈母般的微笑，很认真地表扬了毛毛，说毛毛虽然和课本给的答案不一致，但是说得也挺好，和课本答案比较，她更喜欢毛毛的回答。

这是毛毛生平第一次受到老师表扬，心里比吃了蜜还甜。以前上课竟想着不要挨打，哪有心思听课，毛毛的学习生活要有转变了！

毛毛受到了老师表扬，放学一回家，连饭都顾不得吃就开始写作业。由于上课听得认真，家庭作业没遇到一个“拦路虎”，毛毛的荣誉感从没有像今天这样强烈过。

学校有特殊的规定：上 10 天课，放 4 天假。眨眼工夫，就迎来了田老师代课的第一个小假期。田老师不仅布置的作业多，而且门门功课都有作业。四天假每天都得画一幅画，每天一页毛笔字，每天一篇日记，每天一页字帖，还有照旧的语数作业。毛毛第一次有这样的家庭作业，既好奇又害怕，最担心的还是四篇日记！

田老师的到来并非寻常，如韩国诗人郑玄宗的《访客》，带来了她的悲喜、感动和坚持，带来了毛毛的改变。

有人向我走来
其实非同寻常
因为他
会带来他的过去
现在
还有他的未来

016 ◁

放学回家，孩子们都要排队走，有四个小分队，分别走向学校的东西南北四个方向，每个队都有个队长。毛毛所在的队是南队，在队上毛毛和宏宏就商量：今天下午谁都不许写作业，仍然像以前一样去毛毛家玩。

孩子们竞争意识还是比较强的，每天都会询问同学家庭作业写到了哪里，生怕自己落在后面。

这天玩了一下午丢沙包后，毛毛和乐乐又达成共识：晚上都不许写作业。毛毛从小玩什么都厉害，一下午几乎都是他们队在圈子里跑，队友一个一个“牺牲”后愣是被他都“救”了回去。傍晚另一个队的孩子们都扫兴而归，包括乐乐。晚上刚吃完饭，毛毛玩累了就急着和妈妈回偏房睡觉去了，乐乐留在正房和爷爷奶奶睡。

第二天，毛毛还在睡梦中，乐乐就大喊大叫地把他吵了起来。“我的作业写完了，哈哈……毛毛！毛毛！”乐乐一边拉毛毛一边吼着。毛毛缓缓睁开惺忪的睡眼，听清楚乐乐的话语后不屑地说：“我昨天晚上没看见你们灯亮啊！不要骗我了！”两个孩子比拼意识特别强，常常互相监督。“我用的是蜡烛，哈哈，我怕打扰爷爷奶奶睡觉，就没开灯！我没遵守拉勾的话，今天请你吃雪糕吧！”

孩子们每每达成共识，会把小拇指勾住，一起说：“拉勾上吊，一百年不许变，谁变谁是小黄狗。”表示不管发生什么都要互相遵守诺言。

毛毛霎时意识到了事情的严重性，一骨碌翻身坐起，去找妈妈“算账”去了！

毛毛妈正在厨房做饭，毛毛气腾腾地冲着妈妈吼道：“妈妈，你早上怎么不叫我起床啊？昨天晚上我姐姐都把作业写完了，你怎么不让我写啊？”毛毛作业落在了乐乐后面，心里难受，只能对妈妈不讲理地撒气。毛毛妈知道毛毛对学习特别上心，除了节假日，每天都五点起床，穿好衣服后，一个人静静地坐在沙发上，等到六点就去叫姐姐起床，这次作业比姐姐落下那么多，心里肯定委屈，特别理解。

毛毛妈给乐乐眨了下眼睛后，开始数落乐乐：“你写作业怎么不和毛毛一起写呢？当姐姐的得照顾弟弟啊，以后……”乐乐吃了哑巴亏，只能怪毛毛是全家的宝，可她一点都不觉得冤枉，心里还是有点暗喜。毛毛听完妈妈数落乐乐后，心里终于解气了，开始考虑作业的问题，那四篇日记着实让他头疼。

毛毛可不是个吃素的孩子，这次姐姐的失信让他牢记于心。

他暗下决心一定要给姐姐动一次真格。

终于又迎来了一个四天假期，毛毛一回家就偷偷将书包藏在了房后。吃完饭，毛毛故意在乐乐面前装肚子疼，摁着肚子慢腾腾地在乐乐面前走过去，拖长声音说：“唉！拉肚子！拉肚子！”说完后急匆匆跑出了家门。

农村地广人稀，每家都有一个伙场，厕所一般都和猪圈、羊圈连在一起，为了春天给庄稼地上粪方便。

毛毛一出大门，知道乐乐看不见他了，拿起书包一溜烟地向学校跑去，心里的欢喜劲没有人能体会到。

毛毛在学校写作业很开心，黄昏时刻竟然一口气将假期作业都写完了，包括四篇日记。毛毛背起书包，嘴里模拟摩托马达声和踩油门的声音，一口气跑回了家。

乐乐和龙龙正在伙场的空地上玩丢沙包，见毛毛背着书包，大家都凑了过来。乐乐不解地问：“你不是去上厕所了吗？怎么还背着书包啊？”毛毛吞吞吐吐胡乱解释了半天，最后一句“我把作业都写完了”，惹得大家都没了玩的兴致，垂头丧气地散了。

日子不紧不慢地走着，一段时间后毛毛又迷上了“纸包”（一种游戏）。天生强大的好胜心，又让他成为全校打纸包最厉害的，以上万个纸包成为全校纸包的最多拥有者。

一天，毛毛正和二队比他高两年级的彬彬较量“纸包”，肚子里突然像拧麻花一样，搅得他心烦意乱，无比疼痛。毛毛一下子坐在地上，围观的“纸包”迷们也都拥了上来。兵兵是他的哥哥，见他那样，着急地问长问短，毛毛说不清楚为什么，只是一直说肚子疼，疼痛的叫声越来越大，还在地上打滚。

兵兵看见毛毛这样，心里有点害怕，边背起毛毛边说：“来，毛毛，我把我这十来个‘纸包’全给你，就当输给你的，咱不和彬彬比了，别哭！我送你回家吧！”毛毛流着眼泪接过兵兵的“纸包”，被兵兵颤颤巍巍背着向家走去。

一到家，兵兵一五一十地说具体情况，毛毛妈没听完就背起毛毛又去了毛毛大姑家。抓了些药回来后，毛毛还是会时不时一阵阵剧痛。不管毛毛怎么闯祸，有毛毛妈在，毛毛心里总是安定的，他的善良很大一部分源自于母亲，正如日本诗人谷川俊太郎《灵魂最甜美的地方》所描述：

神给了大地、水和太阳
大地、水和太阳给了苹果树
苹果树给了赤红的苹果
仍然给了我那个苹果
捧在柔软的两个手掌心之中
有如世界之初那样
和晨曦一起

即使没有任何一句话
你给了我今天
给了我不会失去的时光
给了我让苹果结实的人们的微笑和歌声
说不定悲伤也隐藏在横跨我们之上的蓝空
抗拒那毫无目标的东西

还有连你自己也没有察觉的

给了我

你灵魂最甜美的地方

017 ◁

来家里和毛毛爷爷闲聊的老会计王爷爷看见毛毛摁着肚子在炕上打滚，了解情况后，盯着毛毛摁的位置，略带得意，笑嘻嘻地说："这娃是肚子里有虫了，喝凉水喝得太多了，你家有酥油没？那治这可是一治一个准！"毛毛爷爷听后舒了口气。"快给毛毛找一瓶。"毛毛爷爷着急地说。

毛毛奶奶慌慌张张地从库房柜子里找来一瓶酥油。这里靠近内蒙古，好多习俗和内蒙古差不多，几乎家家户户都喜欢吃酥油、喝羊奶。

毛毛吃了几勺后推挡着嫌太腻不吃了。的确，酥油一般都是配炒米或者奶茶喝的，哪有这样干吃的，一般人都受不了。老会计吓唬毛毛道："你肚子里有条大虫，你要好好吃酥油才能把它弄死，不然它越长越大，你不怕它从你肚子里爬出来啊？"

毛毛是天不怕地不怕的"野孩子"，听到这后更是恼怒，大吼道："那你吃啊，你不吃怎么知道吃那么多有多难啊。"老会计碰了一鼻子灰后，脸总有些挂不住，佯笑着不说话了。

毛毛爷爷略有所思后，认真地说道："你吃一勺酥油，爷爷给你十块钱，好吧?"毛毛瞪大眼睛看着爷爷，想确定自己有没有听错，十块钱在那个年代那么偏远的村庄可不是小数目啊！毛毛带着不相信的口吻和爷爷确认两遍后，强忍着从头到脚对酥油的抵抗，硬是吃了二十勺。

说来奇怪，这土方子立竿见影，毛毛马上就不疼了。毛毛爷爷从外套里侧的口袋里掏出二百块钱说："毛毛，这钱就是你的了，以后需要就找爷爷要，怕你丢了爷爷先替你保管。"毛毛乐呵呵地爽快答应了。

乐乐看着发生的一切，满满的嫉妒，真希望自己也来个啥病。就这样折腾了一晚上，都快 12 点了，毛毛只好没写作业就去睡觉。

第二天毛毛的肚子完全不痛了，天还没亮，毛毛穿好衣服去叫乐乐起床。在上学的路上，乐乐仍然像以前一样，欢蹦乱跳地一边哼着"太阳当空照，花儿对我笑，小鸟说早早早，你为什么背上花书包"，一边做出骑自行车的样子。毛毛似乎有心事，闷闷不乐地跟在乐乐后面，他是担心家庭作业没写的后果。

晨读课后，小组长们都开始检查作业，毛毛发现只有自己没写，事情似乎有点严重。

田老师像往常一样，讲完课后，厉声道："谁的家庭作业没写完？站起来!"毛毛低着头缓缓站起来，不敢看老师的眼睛。"出去!"田老师生气地吼道。

毛毛低着头走出去，站在了教室门口。暖暖的阳光打在脸上，毛毛从没这样静静地享受过阳光，突然感觉惬意极了，站着站着靠着墙壁竟然睡着了。不一会儿放学的铃声响了，田老师无奈地叫醒他，摸了摸毛毛的后脑勺，慈祥地说："快回家吃饭吧！"毛毛知道田老师原谅他了，心花怒放，撒开腿向家跑去。

校长担心孩子们在家不睡午觉，夏天规定让学生来学校睡，午觉铃声一响，谁都不许乱跑乱叫。孩子们有的在桌子上睡，有的在长板凳上睡，大多数还是在学校门口的几棵大柳树下软软的沙滩上铺上几件校服睡。

这天正是午睡时间，毛毛、韩大对面便是自己班的几个女生。毛毛将她们故意为难了一番后，班里的女生姚花花一直笑眯眯地盯着毛毛。韩大调侃道："你是喜欢毛毛吗？这样看人家？"毛毛也附和道："你看上我了吧？啊？"姚花花笑着略带一丝不好意思："就是看上了！我就喜欢毛毛！"周围所有听见这话的人都一哄而笑。

韩大继续调侃道："你喜欢的话就过来和毛毛一起睡午觉啊，快！"说完自己都笑得合不拢嘴。姚花花害羞地看着毛毛，等他的反应。自从调来田老师，毛毛学习突飞猛进，成了班里前三名的学生，他是打心底讨厌学习不好的姚花花，睁大眼睛吼道："你也真是个憨女子！没脑子吧？啊？"说完便自顾自睡了。

从此，班上都知道姚花花喜欢毛毛，尽管谣言四起，姚花花的眼神每次和毛毛碰到一起，仍会笑眯眯的略带一丝娇羞，毛毛尽可能地避开她。

孩子们都喜欢在学校睡午觉，可以在一起偷偷地侃大山，什么新鲜事，什么稀奇古怪的事，都拿来一起分享。又是午觉时间，毛毛和宏宏仍然准备在老地方午睡，韩大畏畏缩缩地左右看了看，确定没有值周同学后，从袖口缓缓掏出一把半旧的笛子。

毛毛惊呆了，在这偏远的村庄哪能看见这新鲜玩意儿，最多只能在电视上了解了解。韩大乐呵呵地说：“今天早上村头搬来一家养蜂人，这是他送给我的！”毛毛小心翼翼地拿过笛子，仔细端详一遍后，硬是央求着韩大把笛子卖给他。几人商量决定，放学吃完饭，一起去村头看养蜂人家。

毛毛脑海中总是浮现出姚花花看他的眼神，透着光直接射入心底。姚花花内心确实是对毛毛万般欢喜，第一次看见毛毛就像诗人海桑在《当我挨你坐着》中描述的一样：

看见你之前
河水只是河水
花朵只是花朵
看见你之后
河水似乎更加明亮
花朵也仿佛越发鲜艳
你没有改变它们
你改变了我
我不忍心捉走水中的小鱼
我闻见了花中并不存在的香气

当我挨你坐着，仰脸看云
我感觉，我会飞

018 ◁

毛毛的心思全在笛子和养蜂人那儿，一下午几乎没听课，回家正吃饭呢，就隐隐约约听见龙龙滚铁环的声音，低年级学生只有龙龙有铁环，一个大铁环，再用粗铁丝做一个长长的手柄掌控方向，可以让铁环一直朝前滚。

毛毛对龙龙可是羡慕极了，听见滚环的声音，便端着饭碗就往大门外跑。龙龙嘴里发出“嘟嘟”的声音，第一个跑进院子，韩大和宏宏都跟在他的后面，人不能比“车”快的，所以每次都是龙龙“开车”跑在前面，其他人跟在后面。

“让开！让开！把你撞死怎么办？还没吃完吗？快点!”龙龙蛮横无理地冲过来，第一个冲毛毛吼道。毛毛三下五除二将剩余的饭倒进嘴里，手使劲擦了擦嘴，兴奋地吼道：“出发!”龙龙又打头阵，其余人纷纷跟在后面向着养蜂人家跑去。

刚到村头，就看见一些小蜜蜂在路边的大柳树旁飞来飞去。

远处一个帐篷一下子进入毛毛的视线，周围摆满了大大小小的木箱子，密密麻麻的蜜蜂落在箱子上面。龙龙边滚铁环边大吼："看！就是那！"他将滚环越滚越快。临近帐篷，毛毛缓缓停下脚步，太多的蜜蜂着实吓到了他，万一飞过来蜇伤怎么办。

韩大看着毛毛略带嘲讽地说："你不伤害它，它是不会咬你的。没文化，真可怕！"毛毛怯怯地跟在韩大的后面，一对中年夫妇笑嘻嘻地从帐篷中走了出来，对着几个娃叽里咕噜地说了一会儿，孩子们面面相觑，似懂非懂地点头。

养蜂人带来的新鲜事物和嘈杂的外地口音，对毛毛的冲击很大。就在此刻，毛毛幼小的心里有一种强烈的"走出去"的愿望，也许就从那刻起，毛毛有了周游世界的念头。

孩子们就在养蜂人家周围傻傻地看着，直到晚霞映红了天，才恋恋地回家了。毛毛回家仔细地端详着笛子，像心肝宝贝似的小心翼翼地捧在手里，可就是吹不出一个音。

孩子们盼的"六一"很快就要到了，"六一"前一天，霞霞，毛毛班的一个漂亮的女生来毛毛家玩过家家。毛毛和霞霞扮演一对小夫妻，乐乐扮演一个寡妇。一开始，双方都准备年茶饭。这里有个习俗，年前得把初六前吃的饭菜基本准备好，来了亲戚就不会因为赶时间而吃不上饭。

乐乐、霞霞到处捡小木头、小树叶充当肉和菜，毛毛捡了几块黄土，捡了一些小瓶子，将黄土磨成粉倒进瓶子，充当油或者酒。乐乐、霞霞将所有的"饭菜"都准备好了，毛毛磨了一下午黄土，最后，乐乐开始请毛毛家吃饭，画一个方框充当房子，然后装模作样地从"大门"进去，碎碗片里放些小木头和菜开始装作“吃饭”，假装着吃完后便换过来请。天渐渐黑了，孩子们也刚好结束了一天的“过家家”。

毛毛爷爷、奶奶这几天都去了远方亲戚家，晚上毛毛妈挽留霞霞陪乐乐住，说乐乐不敢一个人住，霞霞爽快地答应了。毛毛听说霞霞大腿上有个胎记，特别好奇，晚上死活要和乐乐、霞霞在正房住，毛毛妈便独自回偏房睡去了。

关灯后，毛毛一心想看霞霞的胎记，又害羞不敢开口，就准备好手电偷偷行动。乐乐睡在中间，毛毛和霞霞睡在乐乐两边，中间隔着乐乐，毛毛只能从被窝里偷偷地从乐乐脚底绕过，可每次快要成功时都会被乐乐发现，然后嘲讽道：“你害羞不？到霞霞那边干什么？真丢我的脸！”乐乐感觉毛毛这样做特别丢人。毛毛一言不发，几分钟后又开始下一轮“偷袭”。

终于绕过了乐乐，毛毛触到了霞霞的腿，霞霞并没有阻挠，只是静悄悄地装睡，就在毛毛心里乐开一朵花时，乐乐大吼：“毛毛，你在哪里？你再这样，我明天去告诉老师！”毛毛听后只好灰溜溜地钻进自己的被窝，可惜她只碰到霞霞的腿。

第二天“六一”儿童节，学校举行文艺表演，毛毛可是主角，有两个节目，一个是舞蹈，一个是扮演卖报的小少年。一开始，老师还准备让他在大合唱中当领唱，可他唱得实在不敢恭维，只好换其他人，怪只能怪他爱睡的毛病，每次上音乐课，全校都站在一个大教室里集体唱，人多挤在一起比较热，毛毛总是站着站着就睡着了，睡着后仍然嘴巴里乱哼哼。

一次毛毛刚开始打盹就被老师逮了个正着，捏着他的鼻子才将他从周公那里拉回来。毛毛他们表演节目时，作为村里书记兼村长的毛毛爷爷在评委席上坐着，这让毛毛倍感有面。乡亲们围在孩子们周围，七嘴八舌地议论着节目。村民们都喜欢听陕北民歌，喜欢听孩子们唱歌，因为被音乐包裹时，他们会忘记生活是什么，会怎样，不想知道。就像日本诗人谷川俊太郎《走向音乐——少年5》中的描述：

于是我走在音乐中
没有人影
但广场上充满了生命
下面是深深的大海
树木那看不见的一生成为过去
罪恶因受到原谅的预感而战栗
王子和农奴的记忆混杂在一起
星星之卵布满天空
我通体透明
我的心情藏在桃色内脏深处
扩展到宇宙的边际
向着前方散落
然后我回来了
因为借着扩音器真空管的微光
寄居在那里的东西
知道那是我活着的证明

019 ◁

下午，毛毛被选上参加跳高比赛，其实，跑步也是毛毛的强项，挑选跑步运动员那天，毛毛一直忙着写作业，所以错过了。跳高天赋毛毛是与生俱来的，个子不高，在无意地试跳中发现跳得挺高，经过层层选拔，最后被学校选中参加“六一”运动会的最终角逐；对于跑步，毛毛是练出来的，从小和姐姐争太阳到底跟着谁跑，常常两人越跑越快，深信太阳是跟着自己跑的，使出了浑身的劲，还是没有争出结果。

比赛跳高，毛毛一直发挥很好。经过一轮一轮的淘汰，最终只剩下韩大、毛毛、彦军三人，其他俩人都比毛毛高出一个头，老师将跳杆又升了一个高度后，韩大仍然轻而易举地跳了过去，可毛毛和彦军就没那么轻松了，彦军跳了三次都触杆，只要毛毛跳过去，便是第二名了，赛前公告全校只表彰前两名。

毛毛跳了两次后也没能跳过去，周围的观众都屏住了呼吸，等待着毛毛的第三跳，毛毛深深吸了口气，使出吃奶的劲，轻盈地一跃，裤角微微碰杆后，毛毛“啪”地摔到了地上，腿扎在了一块小石头上，流起了血。毛毛的眼泪“哗哗”地流了出来，其实多半可能是为自己感到可惜吧。

老师们见此情景，装作没看见毛毛碰杆。当即宣布了毛毛是第二名，可在场靠近标杆的观众还是看见有略微碰杆。毛毛妈领着毛毛去学校后院清洗了一下伤口，洗了洗脸，轻轻吹了吹伤口安慰道：“这点伤算什么啊？男子汉还哭鼻子，多丢人啊！”其实，毛毛哭多半不是因为疼痛。

“六一”活动最后举行颁奖典礼，大队长、中队长、小队长领唱完《中国少年先锋队队歌》后颁奖典礼拉开序幕。毛毛可是小队长，刚走下台，就听见宣布自己获得男子跳高第二名，都不好意思上台领奖，低着头走上去，敬完少先队礼从校长手里接过奖状匆匆走下台去。就在他转身的一瞬间，隐隐看见爸爸微微一笑，他读不懂这笑里包含着什么，责备？谅解？难以形容，难以表达。

傍晚，孩子们又来毛毛家玩，毛毛正在睡觉，不好意思面对小伙伴，一直装着不起来。小伙伴懂他的心思，淡淡地说了下他拿的不是那么光彩后，又安慰道：“其实，虽然你拿得不是那么光明正大，但确实彦军三次都碰杆了，你确实三次都比他跳得高，只是第三次微微碰了下杆，再继续比下去你还是第二！”

毛毛听了这话心里舒服多了，翻了个身，装作刚睡醒的样子。小伙伴们一把将他从炕上拉起来，又像什么都没发生一样，恢复了往常的热闹，只是正房墙壁上毛毛的奖状突然比乐乐多了一张，变成两张。

第二天上学，毛毛还是无法直视彦军，一说话就尴尬到不行，反倒彦军没把这事往心上放，玩了几天后，才恢复到了从前的样子。这学期是田老师来学校的第一个学期，毛毛不仅当上了班长，还获得了全乡统考第一的好成绩。

孩子们盼星星盼月亮终于盼来了暑假，这天，毛毛和宏宏正在院子里制作弹弓，挑拣粗一点的分叉树枝，用铁丝固定住，上面系上松紧带。两个孩子力气小，手工活不行，做出来的弹弓非常粗糙。正纠结做出来的弹弓没有威力，突然一阵汽车的轰鸣声传入他们的耳朵，越来越响，最后停在了毛毛家门口。

毛毛、宏宏一溜烟跑出大门口一探究竟，看见了一辆“212”老式越野车和4个戴着墨镜的中年男子，这些对毛毛、宏宏绝对构成了不小的冲击。一个长着小酒窝的中年男子摸了摸毛毛的头，笑着问：“书记在家吗？”毛毛向屋里窗口望了一眼，扯高嗓门吼道：“爷爷，有人找！”中年男子们乐呵呵地相继向屋里走去。

毛毛、宏宏瞪大眼睛，傻傻注意着一切。晚上，这4个人在毛毛家的正房住了下来，毛毛妈告诉毛毛：“他们是市里来的外贸协会的干部，专来咱们这儿收购羊毛。他们可能要住一段时间！”

第二天一大早，他们全部开着车出去了，等到中午，毛毛他们正在玩弹弓时，4个男子兴高采烈地回来了。

脸上印着小酒窝的男人匆匆在屋里喝了些茶水后，便出来找毛毛聊天了：“你叫什么呀？”“毛毛！”“今年上几年级了？”“二年级。”就这样两人友好地一问一答。“毛毛，叔叔给你制作一个弹弓，你以后听叔叔的话好吗?”“嗯!”毛毛的兴致一下子提了起来。

全村只有年龄大一点的孩子才有弹弓，常常能打到麻雀，厉害一点的还能打到鸽子，毛毛可是打心底里羡慕。这个脸上印着小酒窝、微微发胖的男人从车上工具箱里找出一个“Y”形零件，又拿出一个扳手。毛毛越看越高兴，男子看出了毛毛的心思，捏了捏毛毛的鼻子说：“以后每天早上得洗脸，叫我慕叔叔。”又分别指向其他三个男子说：“王叔叔、苗叔叔、赵叔叔!”毛毛响亮亮地叫了句“慕叔叔”。

不一会儿，弹弓做好了，慕叔叔随手捡起一块小石头，用弹弓射了出去，哇！好厉害！石头“嗖”的一声打在了树枝上，打下好多树叶。毛毛惊呆了，这是他见过威力最猛的弹弓，毛毛略带羞涩地一把夺过弹弓，赤着脚，飞一般地跑进树林打鸟去了。

《庄子·逍遥游》：朝菌不知晦朔，蟪蛄不知春秋。成虫的蟪蛄寿命太短，不知道秋天是什么样子，更不知道冬天是什么样子，它们的世界只有夏天。就像城里的孩子，永远无法领略山村乡野孩子们的快乐和淳朴，这种快乐源于简单，如美国诗人简·赫斯菲尔德的《我只要少许》，生活得简单点、再简单点。

我想要的，我以为，只有少许，
两茶匙的寂静——
一勺代替糖，
一勺搅动潮湿。

不。我要一整个开罗的寂静，
一整个京都
每一座悬空的花园里
青苔和水。

寂静的方向：北，西，南，过去，未来。
它钻进任何一扇窗户
那一寸的缝隙，
像斜落的雨。

悲痛挪移，
仿佛一匹吃草的马，
交替着腿蹄。
马睡着时
腿全都上了锁。

020 ◁

下午，孩子们又来找毛毛玩，见了毛毛的“超级无敌弹弓”，都爱不释手地摸来摸去。可毛毛最多让他们每人打两下，整个下午都是毛毛在玩，其他人都是围着他看，这样，孩子们可不乐意了。

第二天，除了毛毛，其余孩子一致决定去捞鱼。尤老师走后，孩子们不管玩什么都肆无忌惮。伟伟第一个说：“前几天，我去午莲晒滩浇地，见河里的水涨高了许多，里面好多鱼，咱去捞鱼去吧！”

“咱要不要带几个箩筐啊，多捞一些？”龙龙补充道。“不用，不用，咱们今天就用手抓吧，等找到好位置，明天再带箩筐，这么多人，一定能抓好多鱼！”宏宏兴奋地吼道，露出参差不齐的牙齿。

毛毛带有情绪随口说道：“咱就听‘没牙老汉’的吧！”宏宏

瞪着毛毛，毛毛笑嘻嘻地说道：“我妈说牙齿间距大有福气，你看你缝隙比牙齿还大，福气绝对是天下第一！”还没说完，宏宏已将拳头挥了过来，毛毛躲闪着，几个人追逐打闹着向午莲晒滩跑去。

刚刚翻过沙梁，远处小河就泛起层层白光，映入眼帘，孩子们像脱缰野马一样，欢呼着直奔小河而去。

下雨不久，小河水位涨了好多，毛毛用旁边一根树枝探入河底，水深差不多已经有一人高了。鹏鹏、广军比毛毛低一个年级，也常常和毛毛他们一起玩。“咱就沿着这河走，一定能走到浅一些的地方！”鹏鹏看着毛毛说道。

一群孩子沿着小河一直向沙梁深处走去，河里乱窜的鱼群激荡着孩子们的心，他们时不时把手伸向河里抓一会，鱼使劲往河中央蹿，孩子们徒劳无获。

小河越变越宽，孩子们越走越远，突然前方不远处两座高耸宏大的沙梁，将小河夹在了一道细缝间，孩子们爬上沙梁绕过细缝，眼前一幕让孩子们都惊呆了！

细缝出口是一望无际的湖泊，湖面波光粼粼、清澈透明，犹如塞上明珠，中央小岛上长了一米多高的蒲草。鸭子、水鸟在湖面上悠闲自在地或游或停，偶尔将长喙探入水中，“嘎嘎”叼出一条鱼。

大湖四周都是浅浅的水潭，水由浅至深，且变化幅度非常慢，不到半米深的浅水区大概都有十多米远。孩子们发疯似的脱光衣服，尽情在水中跑着、吼着、唱着，故意溅起阵阵水花。

跑累了，孩子们开始了所谓的“游泳”，孩子们都出生在毛乌素沙漠，想看见湖泊都很难，哪会游泳，所以都趴在半米深的浅水处，双手支撑在水底的沙上，脑袋探出湖面便是他们所谓的“游泳”，而且还会比赛看谁游得快，简单说就是看谁在水中爬得快。

“游泳”比赛结束了，孩子们便睡到岸边的沙滩上，用沙子将自己身体全部埋住，露出个小脑袋，美美地享受着日光浴。

睡到自然醒，已是下午4点左右，孩子们便开始抓鱼，水浅鱼多，他们在顺流的小河上垒起一个坝将河流“拦腰截断”，在最边上留了一个出水口，用网将出水口罩住，供水流过，鱼儿全部被挡在了坝口。

一会儿的工夫，就抓了一大桶，可惜都是鱼苗，巴掌大的鱼才一条，孩子们伴着夕阳，唱着歌，朝毛毛家走去。

毛毛妈看着小鱼，笑呵呵地说：“这都是鱼苗，吃不了，快给猪倒去！”毛毛感觉好可惜。“不！我要养！”毛毛边说边找到一个大盆子，将鱼倒了进去。

不知道给小鱼喂啥，毛毛就将面和起，一小点一小点扔进去，还倒了些面粉进去。

第二天一起床，毛毛便跑去看小鱼，小鱼在水面上白花花漂了一层，几乎都翻着白肚皮，毛毛拨开死鱼，发现水底还有几条游动的小鱼，赶忙找来水盆，准备给几条幸存下来的小鱼换个“新家”。

祸不单行，等毛毛跑出来，一只大公鸡站在水盆边，得意洋洋地打鸣，毛毛跑过去一看，鱼一条都没了，被公鸡吃了个精光。这只大公鸡可惹怒了毛毛。生活中总有许多大大小小的意外，天空不能给我们安慰，但可以在天空下瞎想、创作，此刻，烦恼会抛开，简单的幸福会降临，不如意时不妨看看花开花落、云卷云舒，正如日本诗人、建筑家立原道造所作的《我们躺在草地上》：

那是鲜花环绕的高原，
林中草地上小鸟欢唱。
那鸟儿美妙的轻歌，
声声传到我朦胧的耳旁。

我们遥望着山的那面，
默默地观赏天空景象——
淡云如轻纱漂流，
蓝天如宝石闪光。

——幸福在哪里？
在山那面的蓝天上，
在那天底下小而陌生的村庄。

群山沐着柔和的阳光，
我们的心无限温暖。
希望与梦，小鸟与花，是我们的旅伴。

021 ◁

毛毛暗下决心，一定要将这只大公鸡驯服。第二天一大早，这只大公鸡还没打鸣，毛毛就去鸡窝找它了，大公鸡还在鸡架上打盹。毛毛对它长长的喙还是有所畏惧，用一根木棍使劲戳它，大公鸡掉下了鸡架。

毛毛紧追其后，挥舞着木棍吓唬它，大公鸡一个劲地往前乱窜，毛毛死死跟在后面。半个小时左右，大公鸡明显累得不行了，摇晃着屁股越跑越慢。

毛毛学着电视上《曲苑杂谈》上的杂技表演，挥舞着手臂对它大吼：“各就！各就！”（陕北方言，蹲下的意思），大公鸡还是缓缓跑着，毛毛生气地用木棍敲打着它旁边的空地，发出刺耳的声音。

大公鸡更是害怕了，紧缩成一团蜷在地上，毛毛满意极了，死死盯着大公鸡。公鸡看毛毛站在原地，扑扇了几下翅膀，刚起步准备跑，毛毛又追在它后面，一边用木棍敲打着地面，一边大吼着："各就！各就！"大公鸡害怕地又缩成了一团。

折腾了一上午，大公鸡果然被毛毛驯服，只要毛毛吼"各就"，它就会缩成一团停在原地。久而久之，"各就"便成了这只大公鸡的名字。

毛毛在驯服大公鸡的同时，弹弓技艺也在不断提高。这天，阳光灿烂，毛毛拿着弹弓，穿梭在小树林里，搜寻猎物。

小麻雀已经不在毛毛狩猎的考虑范围内，鸽子、好看的金黄色鸟才是毛毛想要的。寻寻觅觅，终于有一只在栖息的鸽子映入毛毛的眼帘。

毛毛悄悄地靠近鸽子，蹑手蹑脚地蜷缩在柳树下，捡起一小块尖锐的石头，拉紧弹弓，向鸽子射去。

"啪"的一声，打在了鸽子栖息的树枝上，瞬时飞起一群麻雀，几片绿叶摇摇晃晃地从树上飘下，"投入"大地的怀抱。

毛毛"唉"的一声，可惜自己没打中。

不料中了狗屎运，未打中鸽子，鸽子却掉在了地上，圆鼓鼓的眼睛滴溜溜地转，紧紧盯着毛毛，不断向后面的树干移动。

毛毛仔细观察，发现原来是"惊弓之鸟"。鸽子的翅膀不知道被谁用沙枪打了一个洞，脚上还有未干的血迹。

毛毛立马抱起鸽子，向家奔去。

屋子里空荡荡的一个人都没有，毛毛只好从妈妈的常用药箱中取出自己曾用过的云南白药，轻轻撒在鸽子的翅膀上，又用医用纱布将鸽子翅膀轻轻包住，将它放进自己曾给"巨鸟"砌的小窝里，用小盘子分别盛了些米和水，搁在鸟窝旁。

意外获得了一只鸽子，让毛毛欣喜若狂。毛毛呆呆地一直盯着鸽子，一会儿给它唱儿歌，一会儿给它讲故事。

这个暑假，外贸协会在草滩村收购了很多羊毛，他们满载而归，村民们也有不菲的收入，皆大欢喜。

慕叔叔走的时候，送给毛毛许多足球队服。毛毛当时还说不上来是哪个球队的，只知道上面画了很多足球。

等外贸协会的干部走后，毛毛家也没那么热闹了，院子里堆满的羊毛袋子也没了。

暑假不知道多少个傍晚，孩子们在羊毛袋子堆里玩捉迷藏，就在羊毛堆里，毛毛曾偷偷拉过小鱼的手，小鱼偷偷亲了毛毛的脸蛋。

小鱼是四队的娃，比毛毛低一个年级，长得俊俏，小圆脸蛋，高个子，比毛毛高出半个头，笑起来还有两个酒窝。

她喜欢毛毛的原因很简单，每次和毛毛分在一起玩丢沙包的时候，都会输的最后只剩毛毛一个人，而毛毛就是那个“救世主”，会挽救自己队伍的所有人。每次救的第一个人，他都会喊着：“小鱼，小鱼，先救小鱼！”

他们走后，鸽子开始在院子里悠闲地转悠，只是还不能飞，有时候看见毛毛从大门口进来，它会飞奔到毛毛脚下，毛毛就会高兴地给它喂食吃，还会不停地和它聊天。

捉迷藏玩不成了，孩子们就变换了游戏，开始玩“打马槽”。这个游戏很简单，分两队人，隔十米远面对面站成两排，一队喊“打马槽”，另一队喊“马槽开”，这个队继续喊“让谁来”，另一队回复“崴的崴的来”。（崴，陕北方言，即厉害的意思）。然后这边派出一名战将冲向对方的人墙，只要冲开对方的手拉手防线，即可将冲开口的两人拉回自己队伍，冲不开则留在对方队里，成为对方的一员，最后哪个队人多，哪个队获胜。有时候，生活和这个游戏一样，要了解故事，不得不成为故事本身，要想像孩子们一样快乐，就得保持孩子们一样的童心。正如印度诗人泰戈尔《孩子的世界》，莫如像孩子一般去生活。

我愿我能在我孩子自己世界的中心，占一角清净地。

我知道有星星同他说话，天空也在他面前垂下，

用它呆呆的云朵和彩虹来愉悦他，

那些大家以为他是哑的人，那些看去像是永不会走动的人，

都带了他们的故事，

捧了装满着五颜六色的玩具的盘子，匍匐地来到他的窗前。

我愿我能在横过孩子心中的道路上游行，解脱了一切的束缚；

在那儿，使者奉了无所谓的使命奔走于无史的诸王的王国间；

在那儿，理智以它的法律造为纸鸢而飞放，真理也使事实从桎梏中自由了。

022 ◁

孩子们才玩了几个下午“打马槽”的游戏，就有好几个小伙伴被撞得鼻血直流。毛毛奶奶骂骂咧咧地禁止他们玩这个，孩子们只好换了游戏——“跳方格”。

“跳方格”简单柔和、不粗暴。在地面上画一些方格子，然后将沙包依次扔进去，按规则跳完即可。游戏关键是看能否准确将沙包扔进方格子。

毛毛玩这个又是能手，谁让他是天生的大玩家呢！

夕阳映红了半边天，毛毛爷爷正在大门口给骡子饮水。毛毛痴痴地望着天边，看着美丽的晚霞发呆。

远处一辆豪华的超大型班车从路口驶进了通向毛毛家的羊肠小道，最后停在了毛毛家门口。

毛毛二姑和二老姨（毛毛奶奶的妹妹）等几个人从车上走了下来，欢天喜地地向毛毛一家人问好，客气地从车上提下几袋水果放在正房的碗柜上。接着，一帮人便陷入了热闹的家长里短的说笑中。

毛毛二姑和二老姨应该提前联系走在一起的，虽然他们都在城里，可居住地还是有一定的距离。

毛毛一个劲地吃他们拿来的大白兔奶糖。毛毛二老姨一边和毛毛奶奶用夸张的动作、表情拉着家常，一边笑嘻嘻地摸着毛毛的头，讲起了毛毛曾经在她家干的神秘的事情。

毛毛刚会走不久，就被毛毛妈带着去城里的二老姨家玩。毛毛二老姨在离家不远的城边村种了些小菜，毛毛妈背着毛毛在菜地里和二老姨一起锄草，累了就将毛毛放在一旁。

两个女人遇到一起，有说不完的家长里短，有说有笑，一会儿就将放到地旁的毛毛忘得一干二净。

等两个人回过神来，毛毛已不见了踪影，急得两人到处打听。

毛毛妈一边哭一边跑，嘴里嘟囔着："毛毛若找不到，我也不活了！"疯了似的到处问人有没有看见一个爱笑刚会走路的小男孩。

两人问遍了周围的所有人都没找到毛毛，等回到家，竟发现毛毛一个人坐在二老姨家的炕头上品着小茶，淡淡冲他俩笑了一下，似乎赤裸裸地说了一句："小样！"

从此，毛毛二老姨看见毛毛就想亲亲，觉得毛毛特别可爱。

大人们有说有笑地聊了一会儿，决定借着夕阳的美合个影。所有人便开始整理装束，毛毛一家人忙将自己最满意的衣服穿上。

毛毛和乐乐没人管，依旧穿着平时玩的全是土的衣服，和十几个人站在豪华客车旁幸福地合了影。

客车是毛毛二老姨家刚从北京买回来的，毛毛二老姨夫是客车司机，往返城里可赚了不少钱。

这天，乡上有集，毛毛二姑非要带着毛毛去集市上买锅巴。等集散毛毛和二姑回到家，毛毛突然发现他的鸽子不见了。

毛毛流着两行泪到处问家人："我的鸽子呢？"

毛毛妈看毛毛哭得可怜，说出了实情："鸽子被你二老姨带走了，他们专门在北京给你买了一只猫。"说着顺手将一只小小的黑色猫咪递到毛毛怀里。

毛毛接住猫咪，一边撕扯妈妈的衣服，一边哭着质问："他们要鸽子干什么？谁让你们送人的？他是我的！"

毛毛妈无奈，只好继续说："二老姨的亲戚得了怪病，只有你的鸽子才能治好，他们打听到你有鸽子，专门从城里赶来找鸽子的！"

毛毛妈摸摸毛毛的额头，叹了口气道："不送你的鸽子，你二老姨亲戚的病就好不了啊，他们也没办法！"

毛毛不知道如何是好，想到他心爱的鸽子没了，他随手拿起一个碗摔到地上，大吼道："全天下那么多鸽子，为啥非要拿我的，你们赔！"

毛毛哭着、喊着、骂着，理不在家人这边，他们也没法，只好让毛毛一个人闹。

等毛毛眼泪流干了、骂不动了，毛毛妈摸着毛毛的头说道："咱给你的鸽子弄个小墓，你想鸽子就去那给它喂点吃的，它能感受到你对它的好的！”

毛毛看着妈妈，顺从地跟在妈妈后面，在房后给鸽子砌了个小墓。

无数个下午，毛毛一个人蹲在墓旁，不知道在想什么，他可能希望有一天，他心爱的鸽子能突然出现在小窝里吧！

值得安慰的是，小黑猫整天黏着毛毛。

毛毛叫它“咪咪”，霸气外露的黑猫，像一只小老虎。

刚开始还和大公鸡斗，等它慢慢长大，所有公鸡都臣服于它的利爪之下。

白天，只要毛毛回来，它就呼呼地睡到毛毛怀里，直到压得毛毛腿麻，才被轻轻挪开。

晚上它夜不归宿，清晨才独自从专为它留的小猫洞里回来，卧在毛毛的被子上。

当然，这都是它长成大黑猫后的事了，越长越大，最后像只小狗，毛色黑得发亮，叫声像一个孩子。

黑猫的姿态，就像美国诗人玛丽安娜·摩尔的诗作《然而》中的一句话：

> 胜利不会向我走来，
> 我必须自己走向胜利！

023 ◁

毛毛二姑见毛毛没了鸽子，整天无精打采的，决定带他到城里玩几天。

城里的大街和毛毛想象中一样，热闹得像天天有集市一样。在大街上，毛毛尝了人生中的第一口肉夹馍，根本没想过还有这么好吃的东西。那酥香，够味！

城里还有寂静的小巷，他万万没想到。

巷道里偶尔还会遇到小卖部，打开的一扇窗户作为对外开放的窗口，里面一间小屋摆满了日常用品和一些小吃，毛毛每次探着头趴到窗口，基本都是来买雪糕的。

没过几天，二姑就带着毛毛和涛涛去莲花池欢乐公园玩了。二姑家有三个孩子，大儿子涛涛和二姑们住在城里，二儿子兵兵和爷爷奶奶住在乡下，三女儿花花和外公外婆住在一起。

毛毛的三个姑姑是三朵花，个个“沉鱼落雁”，年轻时不知道有多少人爱慕她们的美貌。

莲花池欢乐公园可是孩子们的天堂，刚一进大门，千奇百怪的大型玩具和欢乐的歌曲，一下子刺激到了毛毛所有的感官。

路两旁各种小吃散发出诱人的香味，让毛毛全身的毛细血管都乐了起来。

二姑带着毛毛和涛涛，被拉骆驼的摄影师一阵忽悠后，分别骑着骆驼照了几张相，价格不便宜。

骆驼显然厌倦了这样的生活，低垂着眼睛，懒洋洋地卧在那里，只有摄影师反复呵斥，再给几鞭，骆驼才会慢腾腾地站起来，配合着游人照几张相片，它身上的毛掉了好多，病快快的，十分可怜。

毛毛和涛涛坐了一圈小火车，顺着铁轨在莲花池里转了一圈，偶尔会经过高空，些许的刺激应该就是火车铁轨的价值所在。

二姑又带着他俩套了一会儿圈，即只要拿着小铁圈，套中卖家的任何商品都可以拿走，可惜一无所获。二姑给他俩每人买了一支雪糕，将他俩带到儿童主题乐园。

儿童主题乐园按人收费，不计时，划算且好玩，里面孩子最多，也是孩子们每次来莲花池欢乐公园必去的一个地儿。里面有滑梯、假山、跷跷板，还有孩子们最爱的跳跳床，不管玩多久只收两块钱。

二姑将他俩送进去以后，叮咛他俩等她回来，她先去街上转转。

涛涛对主题乐园特别熟悉，一进去带着毛毛直奔跳跳床。一共有三张分隔开的跳跳床，中间用隔板挡着，可以来回走动。

跳跳床上可是分“帮派”的。他俩一上去，其他几个已经在蹦床上的孩子围了过来，一直在毛毛和涛涛周围跳，想把他俩弹得高高的，让他们害怕而离开。

涛涛和毛毛可不害怕，毛毛被弹得越跳越高，反倒更加兴奋，他还没意识到几个孩子是想轰他走，心里对旁边几个孩子充满了谢意。

涛涛用恶狠狠的眼神盯着周围的几个小男孩，毛毛在半空中做着各种搞笑的动作。

几个孩子拿涛涛和毛毛没办法，主动上来搭话；“你们是哪个学校的?”涛涛冷冷回道:“附中小学!”

几个孩子蓦地开心地叫道:“我们也是附中小学的！好吧!这张跳跳床就是咱们的地盘，其他人来了咱们就往下弹，让他们没法跳!”

说完，他们都用渴望的眼神看着毛毛。毛毛第一次玩这么有意思的东西，大吼道:“你们继续在我周围跳！快！不然跳得越来越低了!”

几个孩子拿他没办法，和涛涛去中间的跳跳床了!

这张跳跳床只剩毛毛一个人了，其他孩子看他跳得那么高，都不敢来他这张。

突然，一个小女孩走了上来，在这张网的边沿跳了几下后，由于毛毛跳高的惯性导致她越跳越高，最后不得不怯怯地抓着杆停了下来，温柔地看着毛毛。

傻傻的毛毛以为她在欣赏自己，越跳越嗨，越跳越高，没有理解小女孩的心思，小女孩其实是想让他跳低一点，自己也能跳一会儿。

毛毛一个人玩得自得其乐，一转身，发现小女孩不见了。

毛毛缓缓停下来，站在跳跳床边沿四处张望，小女孩一个人静静地坐着旋转木马，毛毛恍然大悟，这才意识到刚才自己的愚笨，想重新叫她上来又羞于启齿，就站在跳跳床边沿一边纠结一边观察她。

等毛毛一咬牙一跺脚决定叫她上来时，小女孩又远离了他的视线。毛毛飞快地爬上假山，站在最高点——假山上的石老虎头上，向下俯视着一切。

小女孩果然一个人坐在跷跷板上玩，毛毛暗喜，大步奔下去，一屁股坐在小女孩跷跷板的另一边，小女孩水汪汪的眼睛吃惊地盯着毛毛，长长的睫毛忽闪忽闪的，白嫩白嫩的脸蛋挤出一个很不情愿的笑容。毛毛倒是痛快，给小女孩回了一个咧嘴大笑，本来就嘴大，笑起来一下子感觉扯到了后耳根，肥硕的下嘴唇像被夹过一样，掉在半空中，样子憨厚笨拙，骨子里带着农村娃的单纯、善良。

两个孩子就这样一直笑着，不说一句话，一起玩了一上午。的确，“花若解语还多事，石不能言最可人”。毛毛的这场遇见，有诗人海桑的《纷纷》为证：

当初遇见你时
目光只轻轻一碰
桃花便开满南山

满树的桃花
想好了这一朵
却开了那一朵

如今想你的时候
凉风吹白了清晨的孤单
满眼的桃花掉落一地
一下就掉落一地

毕竟纷纷地开了
究竟纷纷地谢了

024 ◁

涛涛给毛毛展示了好多他的小人书，还有各种漫画、简笔画。毛毛回家时，涛涛送给毛毛一把特酷的气枪和几个毛毛最爱吃的猪头肉夹馍。

等毛毛从城里回来，假期也快结束了。一开学毛毛就上三年级了，得搬到最西边的教室，和四年级在一起，五年级就升到乡上的中学读了。

开学前几天，毛毛爸专门从乡里赶回来，给家里安顿了一些事，说三四年级对于一个学生来说至关重要，以后不管家里多忙，都不能让两个孩子干活。

毛毛爸为了鼓励两个孩子好好学习，专门从城里给他俩买了礼物：一个足球，两块一模一样的电子表，两双雨鞋。

毛毛爸是开着车回来的，他头脑灵活，靠做羊毛生意赚了一些钱，自己又向朋友们东借西借，终于凑够钱买了辆小车，是乡里少有私家车的几个人之一。所以，毛毛每次看见自家的小车都特别自豪。

小车是老式大屁股“212”，就像现在部队上的勇士。

毛毛爸回来那天，刚好下着雨。车驶过，路上的积水向两旁飞溅，毛毛感觉酷酷的。

毛毛爸刚把雨鞋递给毛毛，毛毛就迫不及待地穿上疯跑去了，嘴里模拟汽车马达发出“嘟嘟”的声音，双脚故意踩进水潭，泥花四溅。毛毛像脱缰的野马回到草原一样，大叫着，疯跑着。

开学后，毛毛还像以前那样命令女同桌，让她帮自己修铅笔，虽然毛毛修的铅笔又细又长，但他感觉同桌修得更好看。

不过，毛毛很快就结束了命令女同桌的无聊日子。学校风靡了一种游戏“放奖”，用小纸屑写上奖品的名字，然后揉成一团，买奖券的人拆开揉成一团的纸屑，里面写什么奖品就送什么。

孩子们买奖券的成本更低一些，每次是五根自动铅笔的铅芯。

好多孩子都在放奖，能不能赚到铅芯取决于奖品的吸引力。毛毛绞尽脑汁，不仅将自己废弃的玩具做奖品，还将自己赢来的纸包、玻璃球写进纸屑做奖品。

奖品内容甚至包括一次家庭作业的难题辅导。毛毛的经商头脑是天生的，所以若干年后能成为亿万富翁也是有原因的。没多久，他就成了这个游戏的大玩家。

不仅本教室的同学来他这里买奖券，就连中间的教室、东边教室的孩子们也闻讯过来撑他的场。有时候奖品被抽完了，毛毛就将自己在家带的零食也写进去，包括苹果、煮鸡蛋、大红枣等。

一天，毛毛正在家里整理他的战利品：靠放奖赚的铅笔芯。宏宏、龙龙破门而入，看见毛毛满满放了一文具盒铅笔芯，两个孩子羡慕极了。

宏宏羡慕得不行，在毛毛家的院墙上用粉笔大大写了几个字，以泄愤怒：毛毛在学校放奖，赚美啦！

毛毛爷爷看见了墙上的大字，问清情况后，担心放奖影响毛毛学习，叮嘱他以后不许再放奖。

毛毛特别爱爷爷，特别听爷爷的话，就将这门生意彻底停止了。只是有时候，大老远跑到毛毛家买奖券的孩子，常常不得不扫兴而回，只能勉为其难地加入毛毛们傍晚的足球赛。

毛毛和几个小伙伴都疯狂地喜欢足球，球技一般，都是踢野球。

刚买来足球时，孩子们就在毛毛家的小树林里找了片空地，刚好对面的四棵树可以构成两个天然的球门。

毛毛们将麻绳绑在树上端两米处的位置，这样，天然的足球场就搞定了。

孩子们喜欢踢球。已到深秋季节，北方的深秋寒意逼人，踢到半场时，孩子们还是会脱掉上衣，光着膀子，在球场上奔来奔去。

时间长了，空地上的杂草都被踩没了，“足球场”外的杂草却越长越旺，形成鲜明的对比。

韩大踢球可是要人命的，有时候赤着脚，不管前方球员什么位置，他总是狠狠凌空一脚。一次，一脚将球踢到毛毛的肚子上，毛毛跌了个四脚朝天，肚子里翻江倒海地疼。

没人安慰毛毛，他只好灰溜溜地坐在原地，按着肚子安静地盯着比赛。不过，毛毛确实是他们中踢得较好的了。其实，毛毛遇到事情时总会静静地思考，他享受这份宁静，一直以最大的平静，爱着这不确定的生活，正如葡萄牙诗人费尔南多·佩索阿所作《我渴望》：

我渴望——默默无闻，因默默
无闻而享有宁静，因宁静而成为
我自己——让这些填满我的日子，
我的渴望不会比这个更多。

那些惹上了财富的人——他们的肌肤
由于金色的疹子而发痒。
那些命运朝着他们哈气的人——
他们的生活正在败坏。

对那些把幸福当成太阳的人
来说，黑夜已经降临。
但对什么也不期望的人来说，
来到的一切全都可喜。

025 ◁

一晃就到中期考试了，毛毛、乐乐等五名同学被选拔上参加乡里组织的全乡统考。那天，刚好是乡上的集市，毛毛等五名同学和田老师坐着赶集的三轮车被拉到了毛乌素中学。

这是毛毛第一次到中学，校园是那么的大，仅教室就有五排，每排一个年级，还有三排宿舍，就连厕所都和乡政府的一样阔气。

毛毛一边上厕所，一边惊叹中学的漂亮。突然，一个长头发男生靠了过来，盯着毛毛问："你就是慧慧的表弟吗？"说完随即摸了摸毛毛的头。

"是的！"毛毛盯着他回应道。

长头发男生笑嘻嘻地说："以后就叫我姐夫吧！"

几个男生笑骂他："你还要脸不？我才是！"然后互相追逐打闹着跑出了厕所。

毛毛没有对莫名其妙的骚扰感到不高兴，反而似乎嗅到了中学校园一种特有的氛围，可能是自由或者恋爱吧！

毛毛拿着准考证，被田老师送到了指定位置。考试题目不算太难，毛毛很快答完了，还检查了两遍。由于田老师站在门口，毛毛不敢早交卷，就一直边打瞌睡边等着交卷的铃响。

“铃铃铃”，交卷的铃声吵醒了打盹的毛毛，他第一个冲出教室。田老师盘查一番答题情况后，满意地摸摸他的头，叮嘱他和家人一起回家要注意安全。毛毛欢快地冲出校门。

乡上的集市还没散，路上挤满了人，毛毛慢慢地挪着步子，两眼发光，使劲浏览着路两旁货摊上琳琅满目的货物。

一个封闭的帐篷进入毛毛的视线。毛毛差点高兴地惊叫起来，放录像的帐篷还在！录像帐篷常常放一些武打片和喜剧片，毛毛崇拜周星驰就是从集市上的录像帐篷开始的。帐篷外面放着一个大音箱，走多远都能听见音响传出的“哼哼哈嘿”的武打动作声音，或是嘻嘻哈哈的欢笑打闹声。

看录像不贵，一场电影一块钱，毛毛有时候交一元钱，连着蹭看两三场。这和他看电影太忘我也有关系，每次收钱员走到他面前时，他还沉浸在电影里面，死死盯着电影幕布，导致卖票人还以为他交过钱了。

毛毛一个箭步冲进放录像的帐篷，屏幕上竟是一些赤身裸体的男女。毛毛看了一眼屏幕赶快移开目光，卖票的女人笑着走了过来，挡在毛毛面前说道：“今天不卖娃娃票了！你下次再来吧！”

几个男人哄笑道：“老板娘，你赶快在门口‘站好哨’！小心乡政府拆了你的录像棚。”老板娘恶狠狠地盯着几个男人，怒骂道：“你们这些坏怂（陕北方言，坏人的意思），也不给我门口把个风，影响我挣钱可是要挨千刀、下地狱的！”说着顺手拉住毛毛的手，向帐篷外走去。

放录像的老板默默整理着录像片，不说话。

毛毛走出帐篷，阳光明媚。突然想起韩大说的，他曾在集市上看过成人录像，毛毛瞬间感觉韩大好厉害，自己些许有些好奇。

帐篷外面武打片“哼哼哈嘿”的声音震耳欲聋，这是用来迷惑别人的！

集市两旁货摊后面停满了三轮车，上面装满了各种牲口，有牛、羊、猪，人们用最古老的方式做着买卖，两人分别掏出一只手，裹在衣襟里，互相用手捏着价钱，不说话，最后买卖是否做成，只能看两个人的表情。

毛毛睁大眼睛仔细观察着路两旁的地摊，一会儿好奇地看看这个，一会儿又问问那个，带着好奇不知不觉就回到了小姑家在乡上开的小饭馆。

毛毛小姑夫学过厨艺，做得一手好饭，是乡镇上数一数二的厨子。毛毛爸朋友多，经常介绍熟人到毛毛小姑家吃饭。所以，饭馆虽小，生意火得没得说，从早到晚里面挤满了人。

毛毛小姑夫后来想了一招，在隔壁开了一家舞厅。一到赶集，里面挤满了人，黑乎乎的，彩灯乱闪。不管会跳不会跳，或者是不是在跳舞，一首歌一块钱，不管男女老少，都喜欢往里面钻，体验这新鲜玩意。

美国诗人玛丽·奥利弗在《旅程》中这样写道：

当你越来越深地步入世界，决定去做你唯一能做的——决定去拯救你唯一能拯救的生活。

026 ◁

回到小饭馆，见兵兵正趴在桌子上吃面，毛毛一屁股坐在兵兵旁边。

“小姨，小姨，毛毛回来了！”兵兵冲着厨房里忙碌的毛毛小姑吼道。

“先喝点汤！”毛毛小姑夫一手端着一碗炒面，一手端着紫菜蛋花汤，向毛毛走过来。

两个孩子从小最要好，好事一起分享，坏事一起干。毛毛小姑夫刚放下碗走进厨房，兵兵就从衣兜里偷偷摸摸掏出两罐啤酒，没喝几口，两小孩晕得一塌糊涂。

兵兵吐在了门口，为了不让大人们发现他们偷喝啤酒，兵兵决定带毛毛和梅梅去看梅梅家正在施工的酒店。梅梅是毛毛小姑家的独生女，不是野孩子，从小娇生惯养，公主脾气，每次和毛毛他们玩一会儿就会吵得不欢而散。

三个孩子正在工地上乱窜，房间好多，门面有一排房间，里院又一排房间，院子好大，还有停车场，整个正筹划的酒店就像毛毛的小学一样气派。

“毛毛，以后咱们都是小少爷了！”兵兵看着毛毛激动地说。毛毛听了心里美滋滋的。

“这不知道有没有我家的份？”毛毛说道。

梅梅看兵兵这样说，心里很不舒服。“哼，这是我家的饭店，以后要盖二层楼！”梅梅大声争辩道。因为心里憋着气，三句两句和毛毛争着争着就吵起来了。

“我家的饭店，又不是你们家的啊！”梅梅最后生气地甩出一句话扬长而去。

毛毛和兵兵也不是吃素的，两人商量决定，去集市上每人吃一大碗肉后，步行回家。集市上卖的炖羊肉和内蒙古的一模一样，这里羊肥肉美，大锅羊肉十里飘香。

两人找了一个吃饭人最少的羊肉摊，掏出所有的钱才凑得四块二毛钱，难为情地递给老板，低声说：“我俩就这么多，你可以给我们做这个钱的吗？要两碗！”

老板笑哈哈地看着两个孩子，一手夺过钱扔进旁边油腻腻的盘子，晃着大肚子给他俩盛肉，说道：“两个小毛孩嘴真馋，我就给你俩盛五块钱的吧！”边说边把瘦肉往他俩碗里盛。

两个孩子狼吞虎咽把满满一碗肉一扫而光，步行回村子。在毛毛的记忆深处，从乡上到村里要走很远很远的路，可就在两人说说笑笑、唱唱跳跳的不经意间，就来到了邻村与草滩村的地界。

兵兵决定先休息一会儿，两人找了一棵特别大的沙柳，在阴凉地坐了下来。毛毛随手抓了把沙子开始玩，兵兵还在抱怨梅梅的霸道。

毛毛突然发现，沙柳根部隐藏着两只壁虎。

毛毛笑眯眯地冲兵兵使了个坏坏的眼神，兵兵会意地笑了笑，两人便开始捉小壁虎。

兵兵胆子大，一手猛地伸向壁虎，将壁虎按在地上就尾巴处提了起来。毛毛不喜欢这种小动物，感觉像蛇一样，不想用手直接抓壁虎，想方设法用脚踩，毕竟脚还是不够灵活，踩了几下都没中。

最后，毛毛瞅准时机，一脚踩了下去，踩了个正着，牢牢将壁虎尾巴固定在了脚下，随后小心翼翼地用两根指头将壁虎捏了起来。

两个孩子每人提一只壁虎，不知往哪放合适，毛毛将壁虎递给兵兵，说道："你先拿着，我挖一个斗型大坑，里面放壁虎！"说着便捋起袖子开始挖坑。

兵兵闲着没事，开始四处寻找壁虎，等毛毛把大坑抛好，兵兵已经提了八九只壁虎回来了，一下子全部扔了进去。

"咱把大黑蚂蚁逮一些放进去，看和小壁虎怎么交朋友？"兵兵突发奇想。

毛毛拍手叫好，两人立刻投入捉大蚂蚁的活动中，不到半小时，坑里黑压压地爬满了大蚂蚁和大大小小的壁虎。

两人探着脑袋观察着坑里的一切，等待着奇迹的发生，他们相信一切美好正在来临的路上，正如诗人霜白的《再等一等》：

冰总会融化。
再深的伤口总会愈合。

被埋藏的种芽拱出地面。
一粒草籽也可以创造一片草原。

一群蝼蚁也能消灭一头狮子。
那么，眼泪也能够穿透石头。

烧红的铁在淬火后变得更冷更坚硬。
而一棵老树无声地消化了扎在身上的铁钉。

漫长的寂寞，
有时比我们的耐心更长。

而每一封信都有一个地址。
每一首诗总有一个和它相遇的人。

一切正在来临。我提醒自己——
别担心，再等一等……

027 ◁

毛毛和兵兵正看得起劲，远处传来了花花的叫声："哥哥！哥哥！"花花是兵兵的亲妹妹，一直和外婆住，住在毛毛家。

远处花花提着一大桶饮料飞奔而来，跟在后面的毛毛奶奶急切地吼："慢点，慢点，小心摔倒了！"毛毛和兵兵惊讶地看着花花和毛毛奶奶。

毛毛奶奶大口喘着气，走到他俩前面，略显生气地说："你俩怎么独自回来了？和梅梅一个小孩子较什么劲？走了也不给家长打个招呼！你小姑在集市上到处找你们，后来没办法了，才给回村子的人捎回一句话，让我在路上找找你俩，一猜就知道你们两个小兔崽子跑回来了！"

兵兵辩解道："是梅梅不让我们去她家吃饭，让我们回去的！"

毛毛赶忙夺过花花手里的饮料，一边大口喝，一边说："好渴！好渴！"

毛毛奶奶席地而坐，说“咱们四个先歇一会儿，待会再回去。”边说边向沙柳根部挪了挪。

花花被满坑的蚂蚁和壁虎吸引住了，死死地盯着看。

毛毛喝完将饮料递给兵兵，说道：“兵兵，你也喝点吧！”

毛毛从没把兵兵叫过哥哥，总是叫兵兵，兵兵也从不在意，四个人边喝饮料，边聊天。一会儿太阳没那么毒后，他们有说有笑地回家了。

回去没几天，期中考试成绩出来了，毛毛全乡统考第一，乐乐全乡统考第二。

这下，毛毛更无法无天了，他不仅命令同桌，还开始命令同教室的四年级同学。

上课时，四年级同学不会的题，田老师经常让毛毛试试，毛毛总会用一些稀奇古怪的方法解出来。得到老师的表扬后，毛毛就会更得意忘形。

一走下讲台，他就会用轻蔑的眼神看一眼同桌，同桌已经习惯他的蛮横，装作没看见。他就又故意找茬，说同桌越过了三八线，将她往边上挤一挤。同桌每次都是骂骂咧咧地说：“我这就一本书的位置！还要怎样啊？”然后无奈地再向一边移一下。毛毛得意地趴在桌子上，开始享受做出难题后的愉悦时光。

下课后，毛毛和宏宏他们便开始取笑四年级同学。“你们连这些题都不会，难怪你们没人在全乡统考上拿名次！”“你们还是和我们一起上三年级的课吧。”他们轮番攻击。

四年级的强强突然从书包里拿出一个东西，轻轻地叫毛毛过来。毛毛谨慎地走过去，强强拿出一个巴掌大的东西，手轻轻一按，居然发光，原来是个小手电。

毛毛好奇地问："唉？你这是哪来的？真有意思！"

强强笑嘻嘻地递给毛毛："这是我做的小手电！送你了！"

毛毛用好奇、佩服的眼神看着强强说道："这真是你的吗？怎么做的啊？你怎么会的啊？"

强强谦虚地说："这是我在自然书上看的，很简单的，你一看就会了！"

毛毛佩服地看着强强，对"人外有人、山外有山"这句话理解更深了！

从此，毛毛再也没有命令过周围的同学，也改掉了以前蛮横不讲理的坏毛病，他开始虚心地向别人学习一些他所不知道的东西。

过了一段时间，村子里就来了钻井队，孩子们开心坏了，一放学就跟在钻井队工作人员的后面，在沙梁里到处走，钻井队工作人员在沙梁里埋了很多雷管，用来帮助探测资源。工人走后，调皮的孩子就会偷偷地拆雷管，有的将铝线收回去晾衣服，有的将雷管拆回去当过年炮放。钻井队没办法，只能将这些孩子往外赶。

毛毛爷爷和钻井队负责人商量，给损坏了的沙柳林、沙梁所属人赔偿了一些钱，钻井队在村子里待了很长时间，一直待到第二年开春。他们在许多地方挖了很深很深的大坑，像毛毛家的水库一样开阔，村子里的人听说测出来石油了，心里都挺欢喜的，这样又能分一批钱。

毛毛从钻井队钻机旁边油池里装了一小瓶油，倒在自家大门前做引子，然后一直往地里钻，也梦想着自己能钻出油来，梦想着若干年后来人发现他倒入的油能引出原油。有时候，孩子实在天真可爱。

冬天孩子们上学起床特别早，天上还满是星星，就得从家里出发，一路上寒风凛冽。村子里静得只能偶尔听见几声狗吠，星星亮得像水晶，照得上学路通亮。

这天，毛毛正伴着星星和乐乐走在上学的路上。突然路边一个蜷缩、蠕动的身影吸引了他们的注意，虽距离好几米远，那一团黑影散发的恶臭味却让毛毛、乐乐恶心难耐。他们很害怕，只能绕道去学校。中午放学回家的路上，毛毛才看清楚，一个下肢瘫痪的男人侧卧在那里，头发几撮几撮拧在一起，油垢中沾满了沙子。衣服破破烂烂，腿上长疮的好大一块地方没有衣服保暖，似乎还有蛆虫在蠕动，男人警觉地不停地环望四周。他的下肢应该很疼痛，他不时用拳头轻敲几下。孩子们看着害怕，远远地绕过他。毛毛回家将这个人一五一十地给爷爷描述了一遍，毛毛爷爷叹了一口气，说："可怜的人儿，估计是家里不要了，专门从远方拉到咱们这里的。"毛毛爷爷安排几个人将他抬到路边浇地的水房，从家里拿了一床旧被褥给他铺好，并安排就近的几户人家轮流给他送饭。可村里人感觉他得了瘟疫，不想见他，送饭也是有一顿没一顿的。毛毛每次经过水房，看着他可怜巴巴的眼神总感觉难受，又打心眼里害怕他，就每天偷偷从家里拿些饭菜装进干净的塑料袋里，然后用细绳绑住远远地甩进水房。看着这可怜的人儿他无能为力，心里经常默默唱起老人们常唱的陕北民歌《请神》："我劝神神是少饮酒是少贪茶，小心五方路上救万民……我请各位神仙你多担起。”瘫痪的男人在村里待了几个月，后又被人悄悄拉走了。这几个月，毛毛每天坚持给他偷偷送饭，默默祈祷。等后来毛毛听到声嘶力竭的陕北民歌《祈雨调》时，总能想起他“龙王救万民哟，轻风细雨哟救万民，救万民。”毛毛面对这些不公、不平、悲惨、可怜的人儿、事儿，耳边总能回想起老祖宗留下来的一些曲儿，用心祈祷他们能少一些悲惨，多得到一点温暖。

毛毛每天起床特别早，穿好衣服背上书包去叫姐姐。他会在起床的时候，把往学校带的玉米芯子、柴柳等供生火炉的材料，准备好装到袋子里，然后提着玉米芯子和姐姐一起去上学。路上两人缩成一团，等到了学校常常只有他俩。教室的门还未开，他俩就挤在门口，缩成一团再小睡一会儿，等太阳的暖渐渐打向他们的脸庞，教室的门也就快开了。毛毛日复一日不知领略了多少次太阳慢慢升起的美景，治愈过多少回哀伤的情绪。美国诗人乔治·欧康奈尔《日出》说出了毛毛等待教室门开欣赏到东方渐亮时的美景。

在太阳慢慢升起的那一刻，不知为多少人默默祷告过。

我跨出窗台，等待
万物渐显的轮廓
分离，完美的独立
而后光线
柔和的黄金触碰树枝，
脸颊和手指，还有屋顶上

每粒鹅卵石的一边。

光的献礼，无需语言，
这世界的每个瞬间
已起身与它会面。

028 ◁

带钥匙同学来的时候，他俩已经睡一觉起来了，几个人便进去生火炉。

教室最中间放一个大炉子，孩子们先在炉子下面垫一些柴柳等易燃物，然后再铺一层玉米芯子，最后放煤块。等毛毛和几个值日生将炉子生好，孩子们早已变成了小花猫，随便擦拭一下后，便开始早读，小组长们则开始检查家庭作业。

晨读课下后，孩子们都会将自己带的零食拿出来，有的孩子故意把萝卜冻成冰萝卜，拿出来啃。

毛毛最喜欢吃冻萝卜，常常会有同学把自己的冻萝卜割一半给他。毛毛越啃越开心，想着以后一定把冻萝卜做成雪糕，让城里人也尝尝这美味。

乐乐常常将热羊奶冷却后，装在瓶子里冻成冰块，第二天晨读后吃冰奶。

有的孩子拿的是冻苹果，有的孩子拿的是风干肉，再有钱一点的，拿的供销社卖的零食：熊毅武方便面、大大泡泡糖。

很快就到寒假了，年终统考毛毛又是全乡第一，乐乐第三。

不过寒假开始没几天，毛毛就得了一场大病，在乡里叫“麻子”，他全身上下长小痘痘，特别痒，还不能吹风。村子里的人都会得这病。寒假毛毛只好天天窝在家里，无聊地养病。

毛毛病刚好，都腊月二十三了，毛毛奶奶决定赶着骡车带毛毛和乐乐去乡上给毛毛小姑送冬菜。

村子里会将秋天收的大白菜腌制好泡在缸里，供冬日和来年春天吃。

毛毛奶奶知道毛毛小姑忙饭店的活，没种大白菜，一直念叨着让他们来取，毛毛小姑总说不需要，也没时间取，毛毛奶奶只好亲自去送。

毛毛大病刚好，一路上看见沙蒿、野兔都觉得新鲜，开心地骑在骡子上一路高唱：“三十里的鸣沙，二十里的水，五十里的路上来看你，半个月我看你就看了十五回，十五回，你把我跑成个罗圈圈腿。”毛毛奶奶和乐乐坐在骡车后面，一会儿聊聊天，一会儿也跟着瞎哼哼。

骡车走的是沙梁里的小道，车辆过不去只能牲口走，没用一小时就到了乡上。可气的是，毛毛小姑家的饭店大门紧锁，全家都去梅梅爷爷家过年去了。

没办法，毛毛奶奶只好将一车冬菜送给了乡上另外一个亲戚，开心得那个亲戚合不拢嘴。在乡上这些个体户都不种地，吃不到腌制的冬菜。亲戚软磨硬泡要给毛毛奶奶钱，毛毛奶奶生气地说不要，最后没办法，硬塞给毛毛和乐乐每人一袋喔喔奶糖。

过年村子里特别热闹，村民们把雷管当炮放，天天到处咚咚响。乡亲们都开心地说：“来年一定是个丰收年！”

过完年不久，毛毛和乐乐正在自家水库玩龙龙的冰车，突然看见远处一位穿着军装的年轻男子骑着摩托停在了毛毛家门口，毛毛、乐乐急忙跑回家一探究竟。

年轻男子竟然叫毛毛爷爷大哥。“大哥，当年多亏您送我去当兵，去年我提干了，今年专门回来看看您，要不是您，当年我都饿死了，您就是我的亲哥哥。”男人满眼泪花向毛毛爷爷敬了一杯酒。

毛毛爷爷乐哈哈地说：“现在你出息了就好，以后好好干，还会有大发展！你是咱们村子里的能人，以后看你的了！”

毛毛爷爷边说边从碗架上又拿下一瓶酒，边聊边喝，开始了漫长的谈心。

等他们喝完后，都倒头睡在了毛毛爷爷家的炕头上，毛毛偷偷地将他的大檐帽戴在自己的头上，感觉威风极了，梦想着自己能有一天穿上这身军装。

后来，两个孩子追问爷爷才得知，年轻男子命途多舛，小时候被送了人，住了一段时间后，收养人家也遭饥荒，年轻男子又被送了回来。家里四个孩子，没粮食给他们吃，没办法，他爹央求毛毛爷爷帮帮忙，把这个孩子再给送出去。

毛毛爷爷狠狠收拾了他爹，说人要有良心，再苦再累也不能做昧良心的事，咬咬牙一定要把孩子养大。虽然这样说，但毛毛爷爷一直把这事挂在心上。

过了一段时间，乡里来征兵，毛毛爷爷放弃自己的子女当兵的机会，极力向乡镇府推荐年轻男子去部队，乡里说年轻男子年龄太小不符合，毛毛爷爷是老书记，软磨硬泡详细说了年轻男子坎坷的命运，想尽各种办法，最后终于破格将年轻男子送到了部队。

临行那天，年轻男子给毛毛爷爷跪在地上，深深磕了一个头。

毛毛爷爷的一些侄儿没去成，一段时间一直发牢骚抱怨毛毛爷爷。

毛毛一去学校就向同学们炫耀他戴过大檐帽，兵兵不屑地说："你只戴过大檐帽吗？我爷爷打过仗，家里现在还有军装、大檐帽呢！"又爬在毛毛耳边轻轻说："我爷爷还有手枪、手铐呢，这次四天假你来，我给你拿出来看看！"

毛毛对手铐充满了好奇，等一到四天小假期，就迫不及待地去兵兵爷爷家玩去了！

年轻男子用尽一生诠释了穆旦的《冥想（二）》：

把生命的突泉捧在我手里，
我只觉得它来得新鲜，
是浓烈的酒，清新的泡沫，
注入我的奔波、劳作、冒险。
仿佛前人从未经临的园地
就要展现在我的面前。
但如今，突然面对着坟墓，

我冷眼向过去稍稍回顾
只见它曲折灌溉的悲喜
都消失在一片亘古的荒漠，
这才知道我的全部努力
不过完成了普通的生活。

029 ◁

兵兵和爷爷、奶奶住在一起，兵兵的哥哥涛涛和爸爸、妈妈住在城里。兵兵的爷爷、奶奶由兵兵二伯照顾，一起住在一个院子里。

毛毛一去兵兵家，兵兵就把手铐偷偷拿了出来。恰巧碰到兵兵二伯家的两个女儿：元元和静静。元元性格内向，和毛毛打了个招呼就走了。二女儿静静活泼好动，长相甜美，跟在毛毛屁股后面，一会儿三人就打成了一片。

静静调皮，悄悄把兵兵和毛毛用手铐铐在了一起，每人铐一只手，这下糟了，两人上厕所都不方便了，要找静静算账到处找不到人，直到静静喊他俩回家吃饭。

兵兵奶奶看着他俩，笑哈哈地说："谁把这两个小兔崽子铐在一起的?"静静笑眯眯地拿着钥匙将他俩打开。毛毛捏着静静的耳朵，气急败坏地说："小兔崽子，和你没完!"

毛毛完全忽略了静静小女孩的身份，静静羞红着脸说：“以后不和你玩了！”毛毛似乎感觉到了什么，立即松开手。

一起吃饭时，毛毛发现静静一直回避他的眼神，这弄得毛毛心里小鹿乱撞，不知道如何是好。

吃过饭后，毛毛和兵兵一起玩了一会儿手铐，就去庄稼地里解手。兵兵一副大人的口气告诉毛毛：“拉粑粑不要太使劲，不然会将直肠拉出来！”一句漫不经心的话，毛毛记了一辈子。

兵兵应毛毛央求，送毛毛回家，并在毛毛家玩了几天。

兵兵一到毛毛家，看见橱柜上放着一盒白公主香烟，偷偷给毛毛使了个眼色，拿出几根香烟，随手将火柴一装，和毛毛直奔房屋后面的草料场（草料场，储存草料、柴火，供取暖做饭和牲畜过冬食用，中间有一大块平地高高凸起，供晾晒、筛选粮食）。

两人偷偷跑到放草料的隐蔽处，兵兵急忙将香烟点燃，递给毛毛一支，毛毛接过香烟，没抽几口，呛得直咳嗽，随手将香烟扔在了地上，用脚使劲搓了几下。

兵兵也呛得直咳嗽，眼泪都流出来了，坚持学着大人的样子，用指头不断轻轻弹着烟灰，流着眼泪将香烟抽完了。

毛毛看着自己扔在地上的烟头，突然想起去年春节发生在村子里的一件大事。

二队的东东过年放炮，将一个电光炮扔进了自家的草料场，炮一响迸出的火花慢慢将干草点燃，等东东家发现，火势已经非常大。毛毛爷爷即刻召集全村男女老少去灭火，等大火完全扑灭，已经清晨五点左右，毛毛爷爷又把每户人家留下一名，开了一个安全稳定的会，将东东家长狠狠批评了一顿。

毛毛想着想着就不由得担心起来，将去年大火的事给兵兵提醒了一下。兵兵找了块砖头，把两个烟头来来回回地敲打，最后两人不放心，硬是撒尿把烟头浇湿了。

村子里的生活静谧祥和，日子一天一天舒缓惬意地过着。寒假，毛毛正在自家麦场踢球，一阵短促、响亮的警报声打破了村子的平静。

孩子们围在毛毛家窗户旁，观察着外面的一举一动。原来警察过来调查两件事，一件是二队王五汉家的马肚子撕开了一道口子，王五汉告到了派出所，他们下来调查是不是人为所致；另外一件大事，靠近沙滩村的陕蒙边界一草原深处无人管理的地方，新搬来的一户人有人走失了，派出所过来了解情况。

几个警察厉声问完情况后，急匆匆开车走了，毛毛爷爷脸色凝重，立即召集村长、会计和几个队长来毛毛爷爷家开会。孩子们听说死人了，也都心情沉重起来，各自回家去了，毛毛坐在爷爷旁边，认真听他们的讲话。

很快，全村动员了很多人来到马匹受伤的事发地点，经一番找寻，终于在二队一块草地水池边的铁丝网上找到了血迹和马匹肚子上被划下来的一小块肉。

毛毛爷爷赶忙派人告诉派出所最新发现，不一会儿，警车停在了毛毛家门口，这次下来的还有两个穿白大褂的医护人员，他们大声问完后，便前往案发地点。

毛毛好奇，抄近道直奔水池。等到了有血迹的铁丝网处，派出所办案人员才刚下车。他们马上封锁了相关区域，医护人员进行了采样、化验等一系列程序，陆续赶来看热闹的村民一层层将案发地点围住，屏住呼吸观察着一切。

警察一边和医护人员交流，一边询问周围看热闹的群众。

最后，医护人员做完相关化验后，匆匆上了车。警察拍了拍毛毛爷爷的胳膊算是临别打了个招呼，然后扬长而去。围观的人三三两两地散开了，毛毛跟在爷爷身边，见爷爷长长舒了口气后，拉着爷爷的手一起回家了。

过了一周，毛毛爷爷终于等到了派出所的回话：马不是人为所致，政府会给马受伤的人家批一定的补助；人失踪的事情还要进一步调查。

毛毛爷爷总算解开了心头的一个结，至于死人的事，他向全村在外做生意的人进行了一对一详细询问，到过那一带做生意的人都说："那家人是刚从南方搬过来的，还没一周，男人脾气暴躁，女人寡言少语，一家人几乎不与外界联系。"再详细的情况就无人知晓。宁静的村子此刻更像波兰诗人米沃什八十多岁时所作的《草地》一样，经历过漂泊、动荡的岁月，人生百味一一尝尽，奋力追寻的竟是简单的平静。

> 那是在干草收割之前，河畔一片繁茂的草地，
> 一个阳光明媚的六月天。
> 我用一生寻觅，终于找到它，认出它：
> 那里生长的青草和鲜花，那个孩子全都十分熟悉。
> 通过微合的眼睑，我把四周的光线吮吸。
> 香气将我周身包裹，所有的认知都已停止。
> 我突然感到自己在消融，幸福得开始哭泣。

030 ◁

毛毛爷爷及时向公安局汇报了所知道的详细情况，公安局陆续来了几次，向去那一带做过生意的人详细询问。

很快，这个惊动全国的大案水落石出，这户人家是从南方搬来的，一家人为人霸道、搬弄是非、告黑状，硬是将邻居一家人搞得妻离子散、家破人亡。邻居整整做了二十年冤枉牢，近期要出狱，这户人家心里有鬼，才搬到了现在这无人看管地区。刚搬来不到一个月，出狱的邻居四处打问终于找到这里，将女主人残忍杀害。为了报复还给男主人设了套，搞得他精神崩溃，直至疯癫。找到男主人的时候，他正在垃圾堆里捡垃圾吃，嘴里一直叨叨着什么。

案件告破，人们开始反思自己。

虽然事发地与村子相隔很远，但村子里也到处被恐怖、阴暗所笼罩。

不知不觉中，毛毛的世界变得越来越复杂，就好像某一天早晨突然一开门，无意间闯入了成人的世界，逃不掉，躲不过，干净、纯洁的童话故事开始慢慢远离，泪水、哀愁、恐怖开始进入生活。

村上春树说过这样的一句话："我一直以为人是慢慢变老的，其实不是，人是一瞬间变老的。"其实，成熟又何尝不是呢？

孩子们在压抑、恐怖的学习生活中结束三年级第一学期，寒假生活如期而至。

毛毛大姑家的帅帅，刚从乡上中学回来，就来毛毛家玩。一进院子，见家里没大人，帅帅立即将伟伟、宏宏、龙龙、毛毛四人叫在一起，炫耀他兜里装回来的新玩意儿。

帅帅突然鬼溜溜地笑起来，从兜里掏出一个气球一样的东西，举在手中，大声说："这个特制气球怎么吹都不会爆炸，里面还可以装很多水！谁想试试？"话还没说完，龙龙一手夺过"气球"，憋红了脸开始吹起来，使足了吃奶的劲还是吹不大，龙龙开始往里面灌水。

鼓鼓的"气球"像一个大水球，龙龙不停地用手来回捏着。

这一幕被刚进院子的韩大看了个正着，韩大笑着说道："你这个脏怂！把这个来回捏，还往脸上蹭，你知道这是干什么的吗？"

韩大去过集市的录像厅，对这些比较了解。

龙龙先是瞪大眼睛，然后死死盯住帅帅，帅帅开始捂嘴大笑。

龙龙羞红了脸，将"气球"使劲扔出院子，大吼着："帅帅！

你去学校一天不好好学，尽干这些龌龊的事！你这是会犯法的！”龙龙盯着帅帅大骂，边骂边感到阵阵反胃。

帅帅只是笑眯眯地不停补充道：“这是没拆封的，干净的！干净的！我只是想做个试验。”

几个孩子感觉都被帅帅戏弄了，心里不是很痛快，隐约中，对乡上中学的生活充满了好奇、向往和丝丝的担心。

这天下午，毛毛等四五个人一起到午莲晒滩的沙滩上接羊，大勇家就在沙梁边上，等了一会儿放羊的老汉还不来，大勇力邀大家去他家看兔子。

大勇家一年前盖了砖瓦房，旧土坯房就在旁边，房顶已经没了，四周墙壁还在，大勇家就用旧房养兔子。大勇严肃地说道：“你们几个紧跟在我后面，我一开门，你们立即进去，慢了兔子就跑出去了。”

毛毛他们兴奋地跟在后面，他还没见过家养的兔子呢！

大勇猛地一开门，几个人拼命往进去钻，宏宏动作慢了点，被大勇一脚踹了进去，随后大勇一闪而入将门紧紧闭住。

哇！里面简直是兔子王国，到处都是兔子，有的在废旧的炕上吃扔进来的草，有的在灶台上乱窜，有的透过窗户懒洋洋地晒太阳……显然，他们的闯入惊动了兔子，它们齐刷刷地望向门口，有几只甚至钻进了废旧灶台生火的烟囱。

毛毛兴奋极了，原来兔子是这么可爱，有白色的、黑色的、灰色的、黄色的。毛毛轻手轻脚逮住一只小白兔，不停地抚摸着它的绒毛，小白兔红闪闪的眼睛一直盯着毛毛，毛毛的内心完全被这些兔子融化了。

毛毛看了又看，抱了又抱，迟迟不肯离去，完全忘记了自己是来接羊的。

毛毛恋恋不舍地将羊群赶回家后，像中了邪一样，脑子里全是小兔子，他完全被小兔子迷住了。

毛毛爷爷看着毛毛两眼无神，有小心思，便笑哈哈地说："小孙子又想自己的媳妇了吗？爷爷带你去见孙媳妇！"毛毛大声吼道："才不是呢，我才不要媳妇！爷爷！我想养兔子，求求你，给我买一只吧！"毛毛在爷爷面前总是耍性子。

毛毛爷爷不解地问："养兔子？哪有兔子啊？小孙子在哪见了？"毛毛一五一十地说了事情的经过，并眨巴着眼睛直勾勾地看着爷爷等待他的答复，毛毛爷爷摸了摸毛毛的头，满口答应。

果然，过了两天，毛毛爷爷从大勇家买回一对兔子，叮嘱毛毛："一只兔子没办法养，有公有母才能养，以后只要你好好养，它俩就会下好多崽！家里人忙，以后喂兔子就交给你了！"毛毛欣然答应。

毛毛和妈妈用砖头将正房和偏房两墙之间砌了一米五左右的小墙，刚好和外墙围成一个封闭空间，小兔子的家大功告成了。

惊世案件的阴霾还笼罩着小村庄，毛毛总在人们的议论中听到很多。"真正的救赎，并不是厮杀后的胜利，而是能在苦难之中找到生的力量和心的安宁。没有对生活绝望，就不会爱生活。"善恶惩处、因果循环会迟到，但不会缺席，如英国诗人阿尔弗雷德·丁尼生在《悼念集（之54)》中所写：

我们仍然相信：不管如何

恶最终将达到善的目的地，
不论是信仰危机、血的污迹，
自然的苦难和意志的罪恶。

相信天下事不走无目标之路
相信等到造物完工之时，
没有一条性命会被丢失，
被当作垃圾而投入虚无。

相信没一条虫被白白斩劈，
没一只飞蛾带着徒然追求
在无意义的火焰中烧皱，
或是仅仅去替别人赢利。

看啊，我们什么都不懂，
我只能相信善总会降临，
在遥远的未来，降临众生，
而每个冬天都将化成春风。

我这样梦着，但我是何人？——
一个孩子在黑夜里哭喊，
一个孩子在把光明呼唤，
没有语言，而唯有哭声。

031 ◁

兴趣是最好的老师，等到第二年暑假，毛毛家已经有好多兔子了，以前的兔圈不够大，毛毛妈和毛毛奶奶又在羊圈旁边栅了一个兔圈，距离院子有点远，毛毛没时间喂，只能交给毛毛妈看管了。

一个烈日炎炎的夏日午后，毛毛刚写完毛笔字作业，准备画几幅兔子吃草图，便站在磨道的小石墙旁开始观察这些小家伙。

毛毛轻轻走过去，眼前的一幕让他惊呆了，又一窝兔宝宝刚刚出窝，毛茸茸的像个小圆球在兔圈里来回移动。显然是第一次见人，有的不管三七二十一猛地往洞里钻，有的好奇地盯着毛毛这个庞然大物，有的镇定自若地在一旁吃草。

毛毛心里早就波涛汹涌，乐得像一朵花了。他轻轻一个跳跃翻过低墙，一个箭步迈向兔窝洞口，用石头将洞口堵住，环视一圈后，将目光锁定在最淡定的正在吃草的小黄兔。

毛毛小心翼翼地靠近小黄兔，它瞥了一眼后仍然若无其事地吃着草，这么淡定的小黄兔，不是因为没见过人类的手段，就是因为傻。毛毛轻而易举地将它抱在了怀里，它的小嘴依然不停地咀嚼着食物。

毛毛翻过小石墙，将小黄兔抱回了家里，用放在炕上的写字桌和几个枕头围成一个封闭空间，将小黄兔圈在里面。

毛毛急忙从碗柜里拿出一包奶粉，倒了些许在一个小塑料壳里用水冲开，放在小黄兔的旁边。

小黄兔果然刚到这个世界什么都不怕，它立即开始品尝这冲泡的奶粉，嘴一撇一撇地喝个不停。

毛毛看着小黄兔画了几张图后，害怕它的妈妈担心，便恋恋不舍地将小黄兔放回了磨道的兔圈。他站在石墙旁边，耐心观察着它们，一站就是一下午，享受着惬意的午后时光。

毛毛太痴迷他的兔子，每次龙龙们来他家玩，都不能好好地陪着玩，时不时地要看他的兔子。大家一致决定带毛毛出去玩，去离村庄不远处的内蒙古呼吉兔的沙漠水库游泳。

韩大说他和他爸爸去这一带送过羊毛，大概知道路线，决定为他们带路，万一记错了路线，就向路人打听。

刚吃过早饭，毛毛就听见门口不停的传来自行车铃铛的声音。龙龙、伟伟、韩大一人骑一个二八自行车。宏宏坐在龙龙自行车的后座上，鹏鹏坐在伟伟的后面，韩大一个人骑一辆，后座上放着一个晒干了的油漆桶。

毛毛一出门，惊讶道："我坐哪？"

韩大笑眯眯地说："你坐我这里！"边说边指向二八自行车前

面的横杆。

毛毛无奈地皱着眉头说道：“坐这里屁股硌得慌，大概多长时间到啊?”

韩大笑骂道：“很快！很快！你一直坐还嫌这嫌那，他们都是轮流着骑，就你怂包不会骑!”

毛毛不情愿地跳上自行车的横杆，两只脚搭在半空中，侧坐在横杆上，毛毛因为个子够不上没办法骑，只能顺从其他小伙伴。

几个人叫喊着上了路，三辆自行车一会儿一排，一会儿一列，不时扬起阵阵黄土。

在韩大的带领下，几经波折，一伙人终于来到了水库边。

自行车还没停稳，毛毛迫不及待地跳下车，在沙滩上缓冲了几步后停在了水库边。

几只鸭子在水库中央悠闲地戏水，毛毛的到来惊吓到了它们，瞬时都钻进了水里。

水库的另一边水草有一人多高，随风摇摆，毛毛站的这一侧是人们经常来游泳的一片水域，没长几根水草，小鱼在库边的浅滩上乱窜。

毛毛很快地脱光了衣服，站在了水库边软绵绵的沙子上，湖水清澈见底，一群小鱼儿不停地啃毛毛的脚丫子，弄得他痒痒的。

韩大将自行车停在一棵大柳树的阴凉下，大吼道：“咱们先在这边玩水，待会去对面捞鱼!”

几个孩子看见水库像疯了一样，无人理睬韩大，自顾自火急火燎地脱着衣服。

龙龙像脱缰的野马一样冲进水库，故意踩起超大的水花，将毛毛一下子按进了水里，宏宏、伟伟们也陆续冲了进去。

毛毛他们是野孩子，都不会游泳。一会儿双手支撑着身体潜在水底爬，以为自己在游泳；一会儿几人合力抬起一个娃，猛地扔向水中央，溅起特别大的水花；一会儿像鸭子一样在水中到处乱跑，故意踩起朵朵水花荡起阵阵波浪……沙漠里的孩子，到了有水的世界，完全疯了。

两三个钟头过后，孩子们都玩尽兴了，也玩累了，便在水库边找了一个沙子比较干净的小沙丘，睡了下去。

毛毛用厚厚的沙子将自己裹住，只露出一个小脑袋，其他几个孩子有的光着身子睡在沙柳的阴凉下，有的折了几根沙柳挡在脑袋前，嫌日光太刺眼，毛毛对这些无所谓，光着身子很快就见周公去了。

“咩咩咩——”路过的羊群吵醒了睡熟着的毛毛，他缓缓睁开惺忪的睡眼，一个差不多同龄的放羊女孩慢慢走了过来，毛毛突然清醒，发觉自己已经睡了好长时间，其他小伙伴早就醒了正在水库里捞鱼呢。

“你是从哪来的？我怎么从来没见过你！”放羊女孩蹲在毛毛旁边用不熟练的汉语说道。

“我是从草滩村过来的，今天专门来这里耍水。”毛毛一字一字地说。

“你怎么光着身子在这里睡觉啊？”小女孩边说边咯咯地笑着指向毛毛。

毛毛完全忘记了自己是光着身子的，也忘记了自己刚刚睡醒。

“嗯嗯……”毛毛支吾着，羞红了脸说，“我就喜欢这样睡，怎么了?”

小女孩不理会毛毛，好奇地问毛毛：“你们住的地方远吗?欢迎你们来我家做客，我家就住在那边。”说着指向远方隐约能看到的帐篷。

毛毛强大的自尊心深深地受到了伤害，双手遮掩着身体支支吾吾说道：“我们一会儿就要走了！你看你的羊都跑远了。”

小女孩略带惋惜，说道：“真想去你们住的地方转转，看看外面的世界。”毛毛光着身子，小女孩一副若无其事的表情，自己感觉像被小瞧了一样，大男子主义瞬间涌了上来，空出一只手做出伸向女孩的样子，说道：“你快走，小心我是坏人。”小女孩眨巴着眼睛认真地说：“咱们礼尚往来，你都被我看见了。”说着将毛毛的手一把拉向自己。

等羊群渐渐走远了，小女孩甩开毛毛的手，说道：“这么大的小伙子还害羞，这是我家的水库，我叫卓琳，得回家了！这里不让外人捞鱼的，小心我家里人来找你们算账。”

等毛毛缓过神，小女孩已经走远了，他完全被刚才的一幕蒙住了。“这到底是怎么回事?”他心里如泛滥的江水来回翻腾，想起刚才的这个野孩子有些许抵触、些许好奇。这可是毛毛第一次接触异性的身体。

毛毛穿好衣服，兴高采烈地和宏宏们一起捞鱼去了。等日头不高时，捞了满满一桶鱼。

几个孩子骑上二八自行车，一起唱着陕北特有的酸曲：“三十里的鸣沙，二十里的水，五十里的路上来看你，半个月我跑了十五回，十五回，你把哥哥跑成了个罗圈圈腿。”他们一起有说有笑唱着曲儿向村子骑去。

历史学家钱穆先生说：一切问题，由文化问题产生；一切问题，由文化问题解决。后来，毛毛在读到《红楼梦》中宝玉初试云雨情时总能想起那个小女孩，尤其是那句：

豆蔻开花三月三，
一个虫儿往里钻。
钻了半日不得进，
爬到花儿上打秋千。
肉头儿小心肝，
我不开了看你怎么钻？

032 ◁

回去没几天，毛毛三叔就给毛毛送来两只野鸭子，说是放羊的时候在沙梁上逮住的，自家也没有水库，便送给了毛毛爷爷，让在毛毛家水库试着养。

水库是毛毛爸多年前叫人用推土机推出来的人工水库，当年又买了一批鱼苗放了进去，现在里面水草丛生，听人们讲里面出现过一米多长的鱼。

毛毛爷爷让毛毛把鸭子一只脚绊住，拴在水库边的大柳树下，绳长有限，鸭子最多走到水库岸边的浅水处。两只鸭子使劲地扑腾往深处走，每次都被绳子“无情”地拉了回来，最后只能可怜巴巴地望向水中央一米多长的水草，不停地发出“嘎嘎”的叫声。

毛毛看着心疼，摸了摸两只鸭子的长喙，语重心长地对它俩讲：“我看你俩可怜，才给你俩松绑，你俩可要讲良心，不能乱跑，在水里玩一会就乖乖上岸哈，我可是有千万种手段对付你俩，吃饱了就上来，不然以后天天把你俩拴在这里！”

鸭子深情地看着毛毛，不时发出“嘎嘎”的声音，似乎在做保证。

毛毛轻轻解开两只鸭子腿上的细绳，把它们抱向水库边，并一遍又一遍叮嘱着。

两只鸭子似乎不敢相信自己被解放的事实，环视着四周不断抖动着浑身的羽毛，在岸边来回踱步，确定不是幻觉后，两只鸭子“嘎嘎”叫着向深处游去。

毛毛静静地观察着它们，可它们一到水库中央便潜在了水底，弄得毛毛丈二和尚摸不着头脑，从傍晚一直到日头落山，毛毛也没等到它们上岸，也没发现它们浮出水面。

毛毛不甘心，坐在水库边一遍一遍骂着，夜晚，水库周围到处传来蝉鸣蛙叫声，微风吹得水草沙沙响，丝毫听不见鸭子的动静。

毛毛妈喊毛毛回去吃饭，安慰毛毛明天鸭子就会出来，先回去吃饭休息，第二天过来再找。

毛毛半信半疑地回家，简单吃了点饭后便上了床，第二天太阳刚露出一丝红晕，毛毛就来到了水库边，一直找一直骂，一等又是一天，没找到鸭子的半点踪迹。

傍晚，毛毛气急败坏地回了家，大人们也只是笑笑没责怪他放走鸭子，劝他以后叔叔们逮住鸭子还会送过来，不要太伤心。

毛毛几天内一直闷闷不乐，干什么都无精打采。很快，爸爸的一个朋友苗叔叔要带女朋友来毛毛家避暑度假，才转移了毛毛的注意力。

苗叔叔还没到，毛毛妈就在偏房给他们收拾出一间客房，房间里全是新的被褥和家具，一张双人床，一张单人床，茶几上摆好了毛毛妈炒好的瓜子和花生。

毛毛没事总喜欢在客房写作业，在新床上休息，每次睡完都在新床单上留下几个黑印子，气得毛毛妈洗了又洗，骂了又骂。

没过几天，苗叔叔果然带着她的女朋友来度假了。苗叔叔刚大学毕业不久，特别客气，一来就亲切地问候毛毛爷爷，叔叔长叔叔短的，特意给毛毛和乐乐每人带了一本小人书，毛毛特别喜欢苗叔叔，每天他都给毛毛和乐乐讲好听的故事，还给毛毛好多自己珍藏的老版的一分钱。

毛毛妈做饭时，毛毛总是在一旁不停地喊："多放点肉，多给苗叔叔做点肉！"

苗叔叔也喜欢毛毛，让毛毛叫他干爸，不和女朋友散步的时候，就逗毛毛玩。

"考你俩几个谜语，看你们谁能猜出来。"这天，苗叔叔叫齐两个小家伙说道。

"好啊！好啊！"毛毛、乐乐异口同声答道。

"下雨天，毛毛没打伞，打一地名?"苗叔叔笑着问道。

"……"毛毛、乐乐支吾着安静下来，陷入了沉思。

直到毛毛妈喊他们吃饭，两人都没有猜出答案。

"雨淋，就是榆林啊！咱们住的这个市就是榆林市，要记住哦。"苗叔叔一边说，一边抱起毛毛向正房走去。

吃饭的时候，一阵汽车的马达声传了进来，果然是毛毛爸回来了。

原来，苗叔叔和女朋友决定要回城里了，毛毛爸过来接他们，顺便接毛毛爷爷去乡上，说是他承包了一段国道到乡上的油路，让毛毛爷爷帮忙去监工，工资按正常程序发。苗叔叔为人正直，体察民情，手段硬，办法多，后来等毛毛创业稍有起色的时候，苗叔叔都成市委书记了。

“可是村子里这一摊子怎么办？放心不下啊？”毛毛爷爷为难的说道。

“没事的，一共就一个多月，现在村子里也没啥事，我有车来回也方便，有事我就立即送你回来！这段油路花钱多，交给别人监工不放心！”毛毛爸想方设法说服毛毛爷爷。

果然，最后毛毛爷爷答应去帮忙，吃完饭，毛毛爸开着车将毛毛爷爷和苗叔叔们一起拉走了。

瞬间，毛毛心里空落落的。

没过一礼拜，两个孩子都有点想念爷爷，开始闹脾气，说实话，毛毛爷爷也想他们，便让毛毛爸将两孙子接到乡上去玩几天。

毛毛爸开着车直接将毛毛们拉到了施工的地方，急忙就回单位工作去了。

毛毛爷爷正坐在推土机上指挥，豆大的汗珠不停地往下滴，头上戴的草帽也湿了一半，来回不停地扇着毛毛给他买回的武松打虎扇。

两人见了爷爷心里乐开了花，抢着要和爷爷坐推土机，爷爷让司机把推土机停下，把两个孩子抱了上去，一边放一个。

毛毛坐上去立刻感觉自己高了好多，像古代战场上冲锋的将军一样。他猛地站起来，立在推土机旁边的铁架上，手向前指，高喊着："冲啊，冲啊！"

毛毛爷爷随着毛毛的性子让他玩了一会儿，实在担心他的安全，便和毛毛、乐乐一起下车，坐在施工地旁边的沙梁上，监督施工。

两个孩子坐车来到乡上就头晕恶心，又在推土机上玩了一会儿，又累又困，很快就依偎在爷爷怀里睡着了。

两个孩子在乡上和爷爷住了两天，就被毛毛爸送了回去，新学期马上开始了，这也将是他们在村子里上的最后一年了，四年级上完他们就要到乡上的中学去。毛毛虽然回家了，半夜总是梦到爷爷，在他读到日本诗人金子美铃《外婆的话》时，第一个想到的总是爷爷。

婆婆从那之后再也没有说起，
那些她讲过的故事，
其实我是那么喜欢。

"我已经听过啦。"
当我说这句话的时候，
她脸上露出了寂寞的神情。

曾经，在婆婆的眼睛里，
映出草山上，野蔷薇花的模样。

我很想念那些故事，

如果她可以再给我讲一次，

讲五次，讲十次，

我都会不出声的，认真听下去。

033 ◁

为了奖励毛毛、乐乐三年级期末全乡统考分别考第一、第三的好成绩，毛毛爸决定在和朋友们到内蒙古乌审召项目洽谈时，将毛毛、乐乐一起带上，去看那达慕大会。

一大清早，毛毛和乐乐正踏着青草上的晨露在地里摘西瓜，一辆白色大巴车停在了庄稼地旁边的公路上。远远传来毛毛爸的呼喊声："你们快回家换衣服，现在就坐车去看那达慕大会。"

毛毛和乐乐掩饰不住内心的兴奋，大笑着向家奔去，田地间留下了他们一串爽朗的笑声。

毛毛和乐乐回家随意穿了几件干净的衣服便跑了出来，大巴车已经停在路口等他们了，毛毛爸的朋友们让把毛毛爷爷也带上，好照顾姊妹俩。

毛毛和乐乐虽然开心得合不拢嘴，一上车看见五六个陌生的叔叔面孔，一下子静了下来。

毛毛爸笑眯眯地向旁边一位戴着眼镜、身材匀称、仪表堂堂的中年男子介绍道：“这个娃就是毛毛，这次全乡统考第一，他是弟弟；这个娃是乐乐，是姐姐，这次全乡统考第三。”毛毛爸一边说着一边指向乐乐。

毛毛、乐乐两人急忙找了一个空位，扭捏着缩了进去，戴眼镜的叔叔笑哈哈地说道：“两个孩子不错，你后继有人啊，好好培养！”

毛毛爸谦诚地笑道：“一定，一定。”

毛毛爷爷紧跟其后，上了大巴车，叔叔们立马站起来，主动迎上去说：“呀！老书记，就麻烦你把你两个孙子管好，我们谈项目，基本没时间管他俩，就靠你了！一起去，你和他们老交情，刚好有好多问题请教你！”

毛毛爷爷笑着和毛毛爸的几位朋友握手说道：“正好有一些事要和你们商量，正好！正好！”一边说着一边坐在了戴眼镜男子旁边的座位上。

毛毛爷爷是村子里的老书记，乡上的老干部多年前都在村子里当过知青，毛毛爷爷知道他们是城里人，没吃过多少苦，特别照顾他们，对待他们像对待自己的孩子一样，一批一批送走了他们，没有一位不感谢毛毛爷爷的，经常回来看他，还有当了大领导的，嘱咐乡里干部要多向毛毛爷爷请教，所以，后来乡上来多大的领导都对毛毛爷爷毕恭毕敬。

几个小时的颠簸后，大巴车终于开到了乌审召。毛毛和乐乐从没坐过这么长时间的车，路又沟沟坎坎，等把毛毛爷爷三人放到亲戚家门口，两个孩子已经在车上吐了好几次了。

一走进乌审召的亲戚家，大家被满屋子的蒙古饰品、小吃惊住了。毛毛亲戚家虽然是汉族，已经完全被蒙化了，家里到处飘着酥油的清香，金黄色的炒米、乳白色的奶酪、浓稠的酸奶摆在桌子上，闻着就有点牙关发痒。

等毛毛爷爷拉着毛毛和乐乐坐下，亲戚们都扑过来热情招呼，每人满满盛一碗酸奶，里面再加上炒米和酥油奶酪，看着就让人流口水。

这时邻居见来了客人，也热情地进来打招呼、聊天。邻居婶婶见毛毛脸色发白，用不熟悉的汉语说道："班第（蒙语，小伙的意思），脸色苍白，晕车了吧？喝点酸奶就没事了！"边说边摸着毛毛的脑袋。

毛毛爷爷热情地回应道："是啊，听你婶婶的，喝一点酸奶能解晕！"

毛毛不说话，大口大口喝着酸奶，浓稠的酸奶像久旱终遇大雨的土地一样，沁入毛毛的心田，那种香甜，由内至外的酸爽，外人很难理解。

毛毛刚喝完一碗酸奶，亲戚家已经把大块大块的羊肉、牛肉端了上来，硬是给每人碗里塞一块骨头。客人没办法拒绝他们的热情，吃撑了也要硬着头皮把骨头啃完。

亲戚们一家都围坐在圆桌旁，一边招呼着客人，一边啃着骨头。邻居婶婶则不停亲手给毛毛和乐乐撕着肉，将小块的纯瘦肉撕在两个孩子的碗里。

一会儿的工夫，大肉都啃得差不多了。大家洗过手后，亲戚家又将蒙古烈酒端了上来，把邻居一家人叫过来，两个不到三十岁能歌善舞的女儿，一个长着八字胡的蒙古男人，一个年纪和毛毛差不多的小男孩。

蒙古人款待客人确实热情，两个邻居姑娘站在酒桌旁，一个双手捧着洁白的哈达，另一个一手端着一杯酒扭动着身体唱着送酒歌。两个姑娘搭档，给在座的所有人一首一首地唱，一杯一杯地敬，等几圈下来，毛毛爷爷就开始上头了，蒙古男人已经站在屋子中央跳起了蒙古舞，不停地唱着和毛毛爷爷斗酒。

人们跟着站在屋子中央唱着跳着，围成一个圈，就连小孩们也融入了欢乐的海洋，完全沉浸在了这种不同的文化氛围中。

亲戚家的一儿一女稍微比毛毛和乐乐大一点，宴会散场后，他们热情地拿出自己所有的玩具供毛毛、乐乐玩，毛毛好奇地看着这些蒙古玩具，邻居小男孩则站在一旁咯咯地笑，用不太熟悉的汉语说着什么，然后又指向另一个玩具，又简单地说几句，原来在教毛毛蒙语。一个晚上下来，两个孩子玩得难舍难分，不过毛毛只学会一句话：吃饭是不搭一滴。

毛毛们晚上在亲戚家住，白天就一起去看那达慕大会。大会持续半个月左右，有摔跤比赛、赛马、演出……还有外国来的模特在T台上展示一些蒙古皮草。

毛毛最喜欢看赛马，看得他热血沸腾，非要在大马上合影留念。

看节目表演时，毛毛他们的位置距离舞台太远，毛毛爷爷给毛毛和乐乐每人买了一个望远镜，透过望远镜，毛毛将舞台上金发碧眼的女人看得一清二楚，梦想着有一天能去她们的世界。

快乐的时光总是短暂，毛毛还没看够蒙古的漂亮姑娘，叔叔们的项目就谈完了，无奈只好踏上回家的征程。

作家邦达列夫说过："幸福是来自充满了真实的生活之美的黄金般的日子。"毛毛确实在幸福里。终于回家了，虽然没玩够，毛毛小小的内心却有种说不出的踏实，正如诗人席慕蓉《点着灯的家》中描述的：

其实我们
所求何其卑微
人生一世辗转天涯
想保有的不过就是像这样一小间的
点着灯的房子
一小间的点着灯的家

034 ◁

虽然毛毛们快升中学了，但学习生活一点都不紧张。

开学没多久，已经升到毛乌素中学读五年级的兵兵马上就要到12岁生日了，家长们商量着在毛毛家给他完关（完关，村子里的一种传统做法，小孩一到12岁，由村子里或附近的神倌给他过关，跳大神，解除脖子上戴的护身索线，即预示脱离相应神仙的保护，从此走上成人之路）。

这里的孩子12岁之前都会在脖子上戴神倌祈过福的护身索线，12岁生日当天，由神倌亲自跳大神将索线脱掉，持续跳一个钟头左右祈求神仙以后能保佑孩子一生。

兵兵过关那天，兵兵爸妈专门从城里赶了回来，给毛毛家买了好多香蕉，毛毛第一次吃香蕉，感觉简直不是人吃的东西，太难吃了。谁也想不到，若干年后，香蕉是毛毛最喜欢吃的水果。

家长们个个脸色凝重，好像要发生天大的事一样，毛毛和乐乐也感到气氛好压抑，莫名地感到害怕。

太阳刚落山，毛毛家就按神倌的要求准备好了所有辅助物品，若干黄米、大红公鸡、白酒、扫帚……好多好多稀奇古怪的东西。

村里有名的神倌一到毛毛家，全家笑脸相迎，神倌简单地吃了点饭后，走在院子中央，抿了几口酒，突然双眼一翻，立刻在毛毛家院子里跳起了大神，旁观的人都屏住呼吸，坚信神灵已经附于他的肉体。

旁边侍候神倌的随从一边往家门口土神之位的位置洒着酒，一边念念有词地说着："神神老节（陕北方言，老者的意思），这娃12岁了，你给个好卦，保佑这娃以后都好好的，考个好大学，这家人都是好人，逢年过节会好好拜您，神神老节，神神老节……"

神倌在土神之位前面摆放贡品的位置不停卜卦，不停摇头，然后又是一阵跳大神，突然说起一些莫名其妙的"咒语"。随从向众人吼道："赶快拿一斗黄米、一小碗公鸡血、一根稻草，快!"

很快，兵兵爸爸把准备好的公鸡按住，用刀片将鸡脖子一抹，一碗鸡血很快就准备好了，兵兵妈妈小跑着将黄米、稻草送给神倌随从。

神倌停止跳大神，双眼上翻眼白对着兵兵唱起了一些"咒语"。随从解释道："赶快从这里钻过去!"边说边指向用榆木做的一个三角形支架，兵兵赶快爬了过去。

神倌依然怒视着兵兵，将黄米不停洒在兵兵身上，用指头蘸蘸鸡血点在兵兵额头，又用稻草从头到脚拂了兵兵一遍，紧接着继续念咒语跳大神。

最后神倌狠狠地拍打着自己的身体，对天大吼，“扑通”一声跪在院子中央，深深躬下腰，又小心翼翼地卜了一卦，随从在旁边兴奋地吼道：“上上大吉，好卦！好卦！”全家人紧绷的神经终于松懈下来。

神倌猛地站了起来，双手紧握捂在肚子前，向空中跳起 50 厘米左右，四五下后突然瘫倒在地，随从解释道：“好了！好了！神神老节走了！”

神倌在地上昏迷了两三分钟后，站了起来，眼神恢复正常，开始正常说话：“娃娃 17 岁有道坎，一定要注意！”家人们簇拥过去询问详细情况，神倌简略地说道：“再没什么，17 岁注意就好了。”说完便和毛毛爷爷有说有笑地回家喝酒去了。其他大人则一个劲给兵兵叮嘱：“一定要牢记，17 岁一定要注意！”

随从把陪兵兵 12 年的护身索线取下来，在土神之位前的火堆上化掉。就这样，兵兵总算过完关了，毛毛还得日夜戴着他的护身索线。

17 岁那年，兵兵辍学去当兵了。

毛毛虽然面临着升学的压力，但学习生活一点也不紧张，一到四天小假期，便和村子里大一点的孩子到沙梁里套兔子，偶尔遇到下雪天，还会约上韩大他们去雪地追兔子。

几个孩子在沙梁里下套兔子铁丝的积极性特别大，只要有兔路的地方就下，早上却没人查看是否套住，都在赖床。等到中午再去，即使套住也被早起的人收走了。

毛毛还在自家草料场周围下了一些铁丝，虽然兔路不是很明显，但也能看出有几只兔子经常走。

毛毛下完后，前几天还一直查看，几天下来没什么收获，便再不管不顾。一段时间后，无意间去草料场周围玩，竟然发现自己下的铁丝旁躺着一只兔子，看来已经套住很长时间了，北方天气冷，兔子完好无损，毛毛兴奋地解开兔丝，抱着兔子向家跑去。

毛毛爷爷看毛毛抱着个兔子，摸摸毛毛的脑袋说道："哪来的兔子啊?"毛毛兴奋地叫道："爷爷，您马上过生日了，这是我专门给您套的，您过生日那天，咱喝粉汤用，哈哈……"毛毛爷爷笑道："乖孙子！就当是我和你买的吧，这是10块钱，拿去买零食吧!"毛毛爷爷边说边递给毛毛10块钱。

毛毛拿着赚来的10块钱，等待着爷爷生日的到来。

一场雪过后，整个世界白成了一片，毛毛终于盼来了爷爷的生日。

生日前一天，远方的亲戚都来了。

内蒙古乌海的亲戚拉了一卡车鸡蛋，过完毛毛爷爷的生日顺便在这里做点小生意，赚点钱，他们给毛毛家带来好多蒙古零食，毛毛看着就兴奋。

榆林城里过来的不仅有兵兵的父母、毛毛奶奶的妹妹一家子，还有好多知青，包括曾经在村子里当过教师的女知青。她和毛毛姑姑一起在村子里当教师，后来，一起搬到了城里，她还当老师，毛毛姑姑做起了生意，女教师还带来了她漂亮的女儿小微，和毛毛一般大。

过生日那天，毛毛家里聚齐了一百来人，炕上、院子里到处都是人。吃饭一波接着一波，忙得毛毛妈焦头烂额。到了中午人们就开始唱歌喝酒，内蒙古来的亲戚能唱能跳，搞得气氛特别热闹，房子里充满了人们的欢声笑语。

孩子们没处站，只好在院子里玩捉迷藏。毛毛看小微一个人站在院子里观察着毛毛家的兔子，便将她一把拉了过来，邀她一起玩耍，小女孩先是一惊，随后很快就融入了孩子群。

毛毛主动要求小微来自己的组，怕在别人组受气，每次毛毛都拉着小微藏在一些隐蔽的犄角旮旯，两个人彼此能听到对方的呼吸，双手紧握在一起，搞得小女孩一直跟在毛毛屁股后面，感觉毛毛特别亲切。

晚上大人们逗孩子们玩，让每人给毛毛爷爷唱一首歌。毛毛是野孩子，只能在沙梁里、柳树上称王，让上演讲台害怕得要死。毛毛扭扭捏捏地唱了一首《妈妈的吻》，调不知道跑哪去了。

小微见毛毛唱歌了，便主动举手站在屋子中央，先说了几句祝福语后便大大方方地开始唱动画片主题曲。毛毛第一次现场听这么优美的歌声，看着小微发愣，瞬间感觉到自己和女孩的差距，羞答答躲到偏房去了。

第二天，远房亲戚都要走了，小微指着墙上毛毛的奖状，盯着毛毛笑眯眯地说："你真厉害，好喜欢和你一起玩!"毛毛羞答答不说话，他只感觉自己和小微的差距好大。

女老师急着要走，小微被她妈妈拉着上了车，女孩使劲给毛毛挥手。毛毛害羞，只是看着不说话。

小微走后，毛毛心里空落落的。他下定决心一定要好好努力，等下次小女孩来，他的奖状一定要将墙壁贴满。

著名建筑师贝聿铭曾说："人类只是地球上的匆匆过客，唯有城市将永久存在。"若干年后，城市将作为人类文明的容器，体现人类对理想先进的追求。毛毛也就是从那天起，意识到乡村和城市的差别，慢慢明白，错过一些人，是生活中的必答题。正如袁绍珊在《仁和寺的午后》所写：

此刻太阳，已躲进云层
我已熟习，和万物道别的眼神
错过一些人是毕生修行
即使千年寺庙，也无法私有黄昏
大地不隐藏必然的萧瑟
爱之为爱，正因有星散的不堪
他是过客我也是过客
心存感激，从此迎送每个冷峻的驿站
仁和寺低声告诉我
没人能在时间里赴汤蹈火
爱的感觉
是爱的行动之必然结果
乌云已镶着金线
命运总在螳螂捕蝉
看着山水，自然想到遥远的事
想到云淡风轻，想到人生从此失去经纬线
想到遗忘，即使遗忘比爱强悍
想到圆满，即便无法修成正果
即使无法，在白首中共看这山山水水
即使用毕生告别，即使是告别的秋天也值得盼望

035 ◁

过完年，孩子们仍然像往常一样天天来毛毛家玩。这天，毛毛们正在树林的雪地里踢球，一辆摩托车缓缓从大路驶向毛毛家门口，一个和毛毛年龄相仿的女孩坐在摩托车后面。

几个孩子抱起足球向家奔去。

“舅爷爷好！”毛毛冲着骑摩托的中年男子叫道。

“嗯，好孩子！这是我女儿，别看年龄小，可是你姑姑，小学最后一学期就和你们一起上，你和乐乐学得好，以后多给她讲讲题呀！”中年男子边从摩托车上往下搬东西，边笑眯眯地对毛毛说。

“快叫姑姑！”毛毛奶奶提高嗓门指着小女孩对毛毛说。

“姑姑好！”毛毛看着女孩为难地说。

小女孩轻轻“嗯”了一声。

中年男子扛着一大袋肉进了屋，冲着毛毛爷爷热情地问好。

两人关系好，都喜欢喝酒，饭还没吃，三两句话后便喝起了烧酒。

毛毛的小伙伴见来了客人，足球赛只好作罢，各自回家去了。

“我叫兰兰，虽然你们叫我姑姑，但我的年龄和毛毛一样！全乡统考常常听到你俩获奖，真羡慕你们，我在大保当村也是全班第一，可就是在全乡统考中拿不到名次！”小女孩坐在桌子旁边朝毛毛、乐乐愁苦地说道。

“没事，以后你就在我家住了，有啥难题就问我俩，只要我们会，一定好好给你讲，你就和我住一起吧！”乐乐热情地说道。

“你们那边玩什么呢？咱们玩一会儿‘抓羊马马’吧！”毛毛笑嘻嘻地说道（“羊马马”，羊腿骨上一块特殊的骨头，拇指般大小，块状，可在四个方向站立；抓“羊马马”，一种北方农村孩子玩的游戏，一只手将一颗“羊马马”腾空，在其落地前将其他“羊马马”放到规定位置，最后还要用同一只手将抛起未落地的“羊马马”抓住）。

“好的！我们平时没事一般就放羊，课间也玩玩沙包、‘羊马马’什么的！”兰兰说道。

毛毛暗自庆幸家里尽量不让他干农活，立即从桌子下边拿出“羊马马”，三个孩子讲好规则便开始了抓“羊马马”比赛。

虽然抓“羊马马”是女生擅长酷爱的游戏，可毛毛玩得一流，一会儿工夫，毛毛已经从第一关抓到了最后一关，一次性将最后一关通过。乐乐和兰兰一直抱怨自己状态不佳。

慢慢地，三个孩子一起上学，一起吃饭，一起做作业，生活学习完全在一起。

每次买衣服，毛毛家里给乐乐和兰兰买一模一样的，两个女孩剪一样的短发，不认识的人还以为她俩是双胞胎。

兰兰特别勤快，是干农活的好手。但毛毛家尽量不让几个孩子干活，偶尔干一下，兰兰也是三下五除二干完，看得毛毛、乐乐满心佩服。他俩每次也都全神贯注地给兰兰讲题、检查作业，真心想让兰兰提高成绩。

每到集市，毛毛妈就会到兔圈里捉几只兔子，装进袋子里背到集市上卖。

兰兰看着毛毛妈好辛苦，见她捉兔子也会跳进去一起堵。

毛毛心疼兔子，一边看着她们捉，一边默默流眼泪。但也没办法，毛毛妈每次都是满头大汗背着兔子到十几里外的集市上卖，辛辛苦苦才能卖几十块钱，再给家里买点日用品，给几个孩子买点东西，所剩无几。想到这些，毛毛只能无奈地流眼泪，他不愿任何一只兔子失去生命。

毛毛是非常简单善良的孩子，他的世界直接而且明亮，他愿意帮助任何他可以帮助的人，他认为任何陌生人之间都是友善的，他幻想成为人猿泰山，他可能会像《触不可及》中男主角Driss一样，喜欢一个姑娘，直接冲她吼："嗨，女孩，让我亲亲你吧！"是的，他相信一切都是美好的，有些东西，是因为有人相信它才存在。

四年级最后一学期终于结束了，全乡统考成绩还没出来，毛毛他们每天没事干，一群孩子结伙一起到沙梁深处放羊。

阳光明媚，七月的日头晒得孩子们没地躲。毛毛、乐乐、兰兰赶着一群羊，赤着脚向沙梁深处走，不远处羊群旁边冒着的浓烟吸引了他们的眼球。毛毛们将羊群赶在一块低洼处，好奇地跑过去一探究竟。

原来，韩大、龙龙他们也在放羊，无意间捡到一只别人套住的野兔，正在烧烤兔子。

“你们就把羊群拦在那边，咱们一起烤兔子吃！”韩大一边翻滚着插在粗树枝上的野兔，一边说。

“好啊！好啊！咱们的羊群不要混了，回头不好分，我们还带了些玉米、瓜、土豆，一起烧着吃吧！”毛毛兴奋地吼道。乐乐、兰兰虽然不说话，但也两眼冒金星盯着兔子看。

乐乐、兰兰将带的食品从口粮袋里掏出来，小心翼翼地摆在火堆里来回翻滚。毛毛、龙龙则盯着羊群，防止混在一起或者个别羊乱跑，不停地吆喝，吓唬羊群尽量不要散开。韩大聚精会神地烤着他的野兔，浓郁的香味弥漫了整座沙梁。

丰盛的野餐很快结束了，孩子们吃得满嘴都是灰，但唇齿间似乎还留着肉香味，一边赶着羊群回家，一边品着余香唱着歌儿，你一言我一语争吵打闹着向夕阳下的房屋移去。

第二天，兰兰回大保当的家等成绩去了，毛毛、乐乐依然每天放羊、玩耍、烤玉米……

德国哲学家雅斯贝尔斯说：“教育本身就意味：一棵树摇动另一棵树，一朵云推动另一朵云，一个灵魂唤醒另一个灵魂。”兰兰和毛毛他们一起经历的这段学习生活，对兰兰的影响特别大，虽然她学习成绩不好，但她有一颗特别善良的心，每次考不到好成绩，她总是偷偷哭，老师总会给她读诗人顾城的《风偷去了我们的桨》。

就是这样
一阵风，温和地
偷走了我们的桨
墨绿色的湖水，玩笑地闪光
“走吧，别再找了
再找出发的地方”

也许，夏雨的快乐
使水闸坍方
在隐没的柳梢上
青蛙正指挥着一家
练习合唱
也许，秋风吮干了云朵
大胆的蚂蚁
正爬在干荷叶的
帐篷上，眺望

也许，一排年老的木桩
还站在水里
和小孩一起，等着小鱼
把干净的玻璃瓶
在青草中安放

也许，像哲学术语一样的
湿知了
还在爬来爬去
遗落的分币
在泥地上，冥想

不要再想
再想那出发的地方
风偷去了我们的桨
我们
将在另一个春天靠岸
堤岸又细又长
杨花带走星星，只留下月亮
只留下月亮
在我们的嘴唇边
把陌生的小路照亮

036 ◁

没过几天，全乡统考的成绩出来了，毛毛第一，乐乐第三。

知道成绩后，毛毛就开始整理自己所有的物品，以后就要到乡上去上中学了，小学期间的东西得好好归整。

毛毛先清理纸包，将自己珍藏的所有纸包全部装进了大袋子，不管封面多好看、棱角多美观、实战多厉害。好几千个纸包都挤在抽屉里，还有些对毛毛有特殊意义的，压在毡下、石磨下和夹在书里的统统清理了出来，满满装了一麻袋。不知道有多少个挥汗的傍晚，毛毛用一个赢两个，两个变四个，慢慢积攒到现在的成千上万个。

毛毛看着心疼，咬咬牙，对妈妈说："这些都送给您了，下次来收破烂的卖了！给您买一件衣服吧！"毛毛妈愣着不说话，只是被毛毛突然的一席话震住了。想到毛毛要去乡镇上读书，她也舍不得。

毛毛又将自己所有的玩具气枪、手铐、面具、弹弓、遥控车统统从自己的小柜子里拿出来，叫齐常常和自己玩耍的几个低年级的小伙伴鹏鹏、二溜、军军等，将玩具平分给他们。几个孩子拿着毛毛的玩具不知道有多开心，鹏鹏乐得嘴都合不上，一直笑着不说话。

最后，毛毛开始整理不用的书籍，所有课本除了语文、数学，其他全部装进麻袋，把正反两面都写满字的本子也都扔了进去，最后只留下涛涛哥哥在城里给他买的字帖和简笔画册，还有只写了正面的作业本。

村子里的孩子特别节省，不浪费一页纸，所有的本子都是正反两面写，有时候为了省钱，自己买几张大纸，裁成本子大小，装订好写家庭作业，学校发的作业本只写老师要批改的作业。

毛毛拿出二三十本积攒下来只写了正面的作业本，挑出五本纸质较好的留着自己用，其余的全部平均分给了韩大、龙龙、宏宏。虽然他们三个和毛毛同一级，也要去乡上读初中，可小学一本本子都没攒下，看着毛毛送的这些“反写本”，心里乐开了花。

最后，毛毛的三个柜子空出了两个，只等着放初中期间要用的东西进去。

为了表扬毛毛、乐乐取得的好成绩，毛毛爸决定带他俩和毛毛爷爷再去内蒙古深处的乌审召赶那达慕大会。

一到乌审召，周围行走的人全部用蒙语说话，一下子让毛毛觉得好陌生。

毛毛爸直接带他们去喇嘛庙看开幕仪式，穿着紫色袍衣的僧人们静坐在庙前，两个十几米长的喇叭状乐器横在门前，几个僧人站在乐器前闭着眼睛憋足了劲吹着，发出悠长的声音，似乎在向人们诉说着古老的秘密，让人整个一下子安静下来，莫名肃然起敬，观摩着僧人的祈祷方式。

两旁还摆放了一些其他的蒙古族打击乐器，还有一个喇嘛老先生在正前方念着经。

毛毛他们虔诚地参加仪式直到结束，毛毛爸带着他们又看了摔跤比赛。两个肥嘟嘟的男人在人们围成的圈子里扭打着，不断传来周围人们的喝彩声。毛毛心里莫名感到疑惑：这些摔跤手这么厉害，《太极宗师》中的杨玉千不知能不能打过他们？只能怪毛毛那段时间一直在追那部剧。

看完摔跤，毛毛爸带着他们吃了蒙古正宗的手抓羊肉，舞台上一直有蒙古美女在唱歌跳舞，毛毛没吃多少。乐乐一个劲地喝奶酒，直到打嗝犯晕才停止享受这人间佳酿。

吃完饭，几个人一起去卖货的摊位上转了转，到处都是卖肉、卖奶制品的，语言不通，只好作罢。

由于赶车，他们看完赛马就决定回去。赛马比以前在乌审旗看得惊险多了，赛马选手不仅比速度，还在马背上做着各种各样的表演动作。观看者无不替他们捏把汗叫好。毛毛下定决心，以后一定要学会骑马。

毛毛不禁联想到自己以前骑山羊玩，叱咤风云。乐乐骑着绵羊和自己作战，每每都败下阵来，得意之时，总会被妈妈数落。毛毛妈担心他骑羊危险，呵斥他不要骑，又看他可怜巴巴，每次骡车上放的东西较少时，都会把他放在骡子上，自己双手紧紧扶着毛毛，让他过过骑马瘾。

那达慕大会赶完回来后，毛毛、乐乐一直等着去乡上中学上学。临行前一天，毛毛早早给妈妈打了一盆热的洗脚水，毛毛妈低着头洗脚默默地不说话，只看见洗脚盆里的水溅起点点涟漪。

小学生活的结束，是一种结尾，也是另一种生活的开始。

最后，用莎士比亚的几句诗为《蓬头稚子》作结语：

真，善，美，就是我全部的主题，
真，善，美，变化成不同的辞章；
我的创造力就用在这种变化里，
三题合一，产生瑰丽的景象。
真，善，美，过去是各不相关，
现在呢，三位同座，真是空前。